EL PAÍS DE LAS LÁGRIMAS

El país de las lágrimas

Mario Escobar

Índice

Miráis una estrella por dos motivos: porque es luminosa y porque es impenetrable. Tenéis junto a vosotros una luz más dulce y un misterio mayor: la mujer.

Victor Hugo

Esta doctrina deriva de los ojos femeninos; ellos son el terreno, los libros y las academias de donde brota el verdadero fuego de Prometeo.

William Shakespeare

Tan solo hay una cosa en este mundo que sea más hermoso y mejor que la mujer: la madre.

E. Schefer

Nota del Autor

Los hechos que se narran en este libro son ciertos, aunque algunos nombres de personas y lugares han sido modificados para preservar la intimidad de sus protagonistas.

Preámbulo

La ciudad de los muertos continuaba tal y como la dejé hace más de veinticinco años. El bosque de cruces seguía perenne, sin flores, de un color gris lunar roto, pero ahora yo podía mirar sobre ellas y pasearme sin miedo contemplando los escuetos epitafios. Los nombres desgastados y huecos que volvían a resucitar frente a mis ojos. El viento agitaba las ramas desnudas y los cipreses; amarilleados por el calor del pasado verano, se sacudían el sopor de la canícula.

Aceleré la marcha y aferré con más ímpetu el paquete contra mi pecho. Descendí por unas escaleras resquebrajadas y caminé los últimos pasos entre las paredes con nichos medio hundidos y flores de plásticos quemadas por el sol de octubre. El musgo coloreaba el cemento crudo hasta alfombrarlo. Enfrente, justo a la altura de mis ojos, la lápida recién cortada, con las letras esculpidas y pintadas en negro, me transportó a todas las madrugadas y a su empeño de regalarme su memoria. Aquella visita era diferente. Siempre había ido de la mano, acompañado de ella y de un ramillete de claveles rojos. La ofrenda de las palabras sería menos efímera que la frescura de las flores.

Proemio

Señor Artola:

Le escribo esta carta sin mucha esperanza y con poco convencimiento. Pero antes de nada permítame que me presente. Me llamo Ignacio Romero Candado, soy un hombre de edad y viudo. Leo con asiduidad su columna con sumo agrado, hasta el punto de que, metido sin comerlo ni beberlo en este embrollo, tan solo se me pasó por la cabeza su nombre. Al ser viudo, perdone mi forma entrecortada de escribir... como le decía: al ser viudo, todas las semanas, después de tomar el desayuno en el bar de Cosme, doy un largo paseo hasta el Cementerio de la Almudena. Usted se preguntará qué tiene que ver las tristes excursiones de un pobre jubilado con su columna dominical. Nada, señor Artola. Pero como usted es escritor... porque, ¿usted es escritor? A mi siempre me picó el gusanillo, pero tengo las letras justas. En la posguerra no había mucho tiempo para colegios y yo ejerzo, bueno... ejercí como charcutero en un mercado cerrado por esa peste de centros comerciales. Pero esa es otra historia. Será mejor que le cuente las cosas tal y como sucedieron.

El miércoles pasado, un día de mil diablos (recordará el frío y la lluvia de ese día) me dirigía al cementerio. Compré unas flores en la floristería del barrio, que es mucho más económica. Entré por la puerta principal y caminé por los paseos desiertos del camposanto. El viento sacudía los cipreses, removía el polvo y en algunos rincones remolineaba levantando hasta los tallos secos de los claveles. Me cerré el abrigo y apunto estuve de darme la vuelta, tomar el autobús y correr hasta mi vivienda, un piso pequeño pero en el que tengo todo el confort.

Algo me decía en mi cabeza: no, Ignacio, tu esposa necesita verte, no te amilanes. Cuando llegué a los nichos y bajé los escalones agrietados no me fijé en la sombra que se movía a mi espalda.

Me fui directamente hacia la escalera metálica oxidada, que utilicé para alcanzar la lápida de mi esposa. Tardé un rato en abrir el candado. Siempre me digo que tengo que llevar aceite, ¿pero quién lleva aceite hasta un cementerio para engrasar un candado viejo? Bueno, como le decía, estaba yo hurgando en el candado, cuando una sombra pasó detrás de mí. Descendí por la escalera y sentí un pinchazo en el hombro derecho. Ser charcutero durante sesenta años le destroza el brazo a cualquiera. Bajé el último escalón y enfilé hacia el nicho. Los hierbajos cubrían las piedras de granito, y alguna flor despistada seguía luciendo sus colores en aquel callejón de la muerte. Iba resoplando, dolorido, casi maldiciendo entre dientes cuando un barullo, una tormenta de papeles, comenzó a agitarse alrededor mío como una bandada de palomas espantadas. Solté las flores. Varios folios quedaron aplastados por la escalera, pero varias docenas revoloteaban y algunos comenzaron a ascender. Aquello no era de Dios, me dije. Tirar papelotes en medio de un lugar sagrado. Comencé a pescarlos con los dedos. Los agarraba y los apretaba contra el pecho. Reuní un buen taco, pero algunos se escurrían y volvían a unirse a sus compañeros. Cogí una piedra y, después de poner las hojas prisioneras en el montón de las que todavía no se habían decidido a escapar, la solté en medio del fajo. Corrí a por el resto. Algunas comenzaban a subir por la escalera. Sabía que si lograban escapar del resguardo de las paredes de los nichos, el viento las llevaría por todo el cementerio, esparciéndose para siempre entre las hojas otoñales que parecían animarlas a volar. Me faltaban manos, pero tras mucho sudar, aplastadas entre mis brazos, llevé las hojas hasta el montón y las reuní por fin. Estaba agotado. Me senté en el primer peldaño de la escalera, sudando y temiendo que aquello me costara una pulmonía. Las hojas seguían moviéndose desafiantes bajo la piedra. Me incliné, las aferré y aparté el pedrusco. Intenté igualarlas, convertir el revoltijo en un taco ordenado.

Las hojas estaban escritas a máquina. Algunas se habían arrugado en la pugna con el viento o aplastadas contra mi pecho. Quería echarles un vistazo antes de arrojarlas al contenedor. Para mi sorpresa, querido Artola, aquellas hojas eran un libro. Bueno, realmente se trataba de un manuscrito. Dejé las flores en mitad del suelo, me desentendí de la escalera y cuando las primeras gotas de lluvia me cayeron en la frente, desabotoné mi abrigo, escondí las hojas y subí a trompicones las escaleras.

Media hora después, empapado y congestionado, llegué a casa. Las hojas estaban calientes y secas bajo mi abrigo. Las dejé en la mesa. Me puse algo cómodo, me preparé un té caliente y una aspirina y me senté en el sofá. Aquello, querido Artola, era un libro. Toda una vida, una biografía, unas memorias, qué se yo. Empecé y no pude dejar de leer. Se pasó la hora de la cena y me quedé toda la noche despierto, deseando llegar al final de la historia, intentando encontrar el nombre o alguna referencia del escritor, que sin duda había dejado por descuido el libro en el cementerio. No encontré nada. Apenas unos nombres de pila y la sombra de unas ciudades.

Acudo a usted, señor Artola, con el deseo de que haga algo por devolver la memoria a esa sombra que debe andar por las calles de Madrid, amnésica perdida, invisible.

Esas hojas arrugadas son la piel de una vida. Por favor, no permita que la descarnada historia de sus páginas se pierda.

Un afectuoso saludo,

Ignacio Romero Candado
Madrid, 19 noviembre de 2005

Prefacio

De: Juan Artola
Enviado el: Jueves, 23 de marzo de 2009 12:35
Para: "Pedro Camus"
CC: camus@nieblaediciones.com
Asunto: Manuscrito libro

Hola Pedro:

Te envío un archivo adjunto. Este es el libro que te comenté. He estado todo el fin de semana transcribiéndolo en el ordenador. No es muy largo, algo menos de ciento cincuenta páginas. Toda una vida en tan pocas palabras. No sé como marchará todo el tema legal. El escritor no ha aparecido, a pesar del anuncio en mi columna y en varios programas de radio.

Bueno, espero que puedas publicar el libro. Me he permitido corregir en parte el texto, ordenar algunas frases confusas y ponerle un título. El título que he elegido, aunque podéis poner otro, es *El país de las lágrimas*.

Bueno, gracias por todo. Ya me tendrás informado.

Un abrazo,

Juan Artola

De: Pedro Camus
Enviado el: Martes, 28 de marzo de 2009 11:43
Para: "Juan Artola"
CC: juan@diariodemadrid.com
Asunto: El libro del cementerio

Hola Juan:

He leído el manuscrito. La historia parece interesante. Aunque me pregunto si no está muy manido todo esto de las memorias de la posguerra. Estamos en el año de conmemoración de la Guerra Civil y hay decenas de libros sobre la desgraciada vida de los que sufrieron la guerra, pero lo que me ha hecho decidirme es que la historia de esta mujer es mucho más que un libro de recuerdos. Forma parte del alma de este país olvidadizo. Creo que publicaremos el libro. Como no tiene autor conocido, te pondré a ti como coautor.

Tendremos que darnos prisa si queremos aprovechar el aniversario. En dos semanas tendrás las galeradas. ¿Quieres que ilustremos el libro?

Hasta pronto.

Pedro Camus

De: Pedro Camus
Enviado el: Miércoles, 26 de abril de 2009 13:14
Para: "Juan Artola"
CC: juan@diariodemadrid.com
Asunto: Galeradas y portada

Querido Pedro:

Creo que ya está todo listo. Te envío algunas sugerencias en el archivo adjunto. Las pruebas de las portadas son muy buenas. En mayo veremos si esta historia real conmueve o no a unos lectores saturados de libros superficiales.

Un abrazo,

Juan

Introducción a la primera edición

El país de las lágrimas es un libro sin autor. O, mejor dicho, un libro a la búsqueda de su autor. Nos pertenece, en cierto sentido, a todos nosotros. Compone una de las piezas de ese «inconsciente colectivo» que nos une como individuos y nos amalgama como sociedad. En el principio fue así. En idiomas vetustos como el sánscrito, la lengua indoeuropea más antigua que se conoce, en la que se escribieron los primeros libros de los Veda, se desconocía la vanidad del creador. Los escritos formaban parte del Todo y ese Todo no tenía dueño. El *Samhita*, los *Sutra* o el *Brahmana* no tienen autores conocidos. Son textos sagrados. El primer prosista conocido fue *Kalidasa*. Desde entonces, los dioses dejaron de hablar y comenzaron a hablar los hombres.

Las historias son arrastradas siempre por el viento impetuoso de la nada. Tal vez, detrás de esa *inexsistentia,* las historias, escondidas y agazapadas, esperan para lanzarse sobre la espalda del aire y cabalgar hasta la vida con la esperanza de convertirse mágicamente en vivencias. *El país de las lágrimas* forma parte de esas historias que se convierten en vivencias pero al mismo tiempo no dejan de ser una recreación literaria. Estas páginas son, en cierto sentido, un pequeño diario de recuerdos, un suspiro en la profunda respiración de la vida.

El país de las lágrimas enraíza con ese tipo de textos que pertenecen a los que los leen, más que a los que los escriben. Engarza con la tragedia griega, en la que Dionisio es el verdadero depositario de las palabras de los poetas. Dionisio, el dios del teatro, observa desde su lejano Olimpo al único actor de la tragedia primitiva, el héroe. En la tragedia griega, el héroe, que calzaba unos zancos para asemejar la fabulosa estatura de los gigantes, tiene el rostro cubierto con una máscara feroz. En cambio el coro, enmascarado con la misma expresión, canta impasible las sucesivas desgracias que suceden al protagonista. El héroe de la tragedia, abocado a su destino, se mueve como una marioneta sobre el escenario. Sin poder nunca cambiar su πεπρωμένο[1]. *El país de las lágrimas* cumple con ese modelo clásico. La heroína se revela contra un destino terrible y funesto, lanzándose por los caminos de una España pobre que representa la encrucijada entre el pasado y el futuro. Dante nos describe este momento de incertidumbre vital en las primeras páginas de su *Divina Comedia:* «A te convien tenere altro viaggio, rispuose poi che lagrimar mi vide, se vuo' campar d'esto loco selvaggio». El florentino nos muestra, dando al texto una lectura anagógica, más allá del simbolismo alegórico y moral, que el hombre en un momento de su vida tiene que elegir entre su pasado aciago o su futuro incierto.

La primitiva esencia de *El país de las lágrimas* se caracteriza además por su carácter oral y su estilo lírico, a ratos épico, muy alejado de los actuales cánones literarios. Una extraña voz anónima que devuelve a la literatura su carácter sagrado.

Juan Artola

Nota de los editores: Si usted reconoce la paternidad de esta obra, le pedimos que se ponga en contacto con la editorial.

---

[1] *Destino*, en griego. Como característica propia de la tragedia, ese destino era llamado Hades o *ananké* en griego, *fathum* en latín, y hado, sino o destino en castellano. Era una fuerza cósmica que dominaba la voluntad humana y regia su futuro. La tragedia, como género, no la componen las muertes o desgracias que en ella aparecen sino la incapacidad que tiene el hombre de derrotar a su destino.

Introducción a la segunda edición

Esta trigésimo segunda edición es la clara evidencia de que *El país de las lágrimas* es más que una simple novela. Ustedes, los lectores, han respondido al baladro de nuestra protagonista, que por encima de posiciones maniqueas (lo humano traspasa las ideologías y forma el tejido de nuestro corazón social y de nuestra memoria colectiva) busca escapar de su destino. Nadie esperaba que este libro se convirtiera en la referencia literaria del momento. La unanimidad de la crítica al conceder a la obra su máximo galardón, y los diferentes premios que ostenta el libro, lo han convertido en un referente para escritores y lectores. Lo más sorprendente de todo es que después de varios meses ningún autor reclame su paternidad. El presente libro, que la anónima mano del viento otoñal nos ha brindado, se ha convertido en el tesoro de toda una nación, como las últimas gotas de un extraño perfume destinado a desaparecer para siempre.

Comencemos de nuevo el camino, atentos a las pisadas de Fortaleza y su madre. Nunca más estarán solas, sino que irán acompañadas de la gran muchedumbre de ojos que las contemplan desde la ventana abierta de estas páginas.

Juan Artola

Capítulo 1

El camino

No sabía que la pena se viviese como el miedo. En aquellas noches en blanco, escuchando los quejidos de los enfermos, el sonido burbujeante del oxígeno y la vocinglera barahúnda de las enfermeras, mi madre me relató los años de su infancia: cuando se acostaba acunada por el hambre y el deseo, imaginando que su padre regresaba de una guerra que nunca ha terminado del todo. Entre besos y abrazos, y lágrimas estranguladas por las palabras, pasamos las horas recuperando las voces perdidas. Hasta que mi abuela, a la que nunca conocí, me habló a través de sus labios.

Arrastro la muerte como un fardo durante todo este camino. La muerte perennemente inútil, como los abrigos en las tardes lluviosas de la primavera, cuando el campo repleto de flores nos hace imaginar indestructibles. No estoy vacía, su muerte no me lo permite, pero hay algo que me quema por dentro, desde la garganta, y me pelliza el estomago, como si su recuerdo me estrujara las entrañas. ¿Cómo se puede estar tan muerto y tan vivo a la vez? Los difuntos no se van con el ataúd, no descansan en los camposantos. Siguen a nuestro lado, aunque no como espectros, sino cincelados en nuestros ojos, grabados sobre la piel.

Qué seco está el labrantío, no debí traer a Fortaleza, a pesar de que me hace más falta que nunca. Ella ignora el verdadero pozo del sufrimiento. Su rostro es todavía inocente, la muerte no ha podido emponzoñarlo todavía. Pero la niña se cansa, tengo que detenerme a cada rato para atarle las alpargatas, darle agua de la bota o dejar que coma un poco de queso y pan. No podía dejarla, ya era mucha carga para mi prima cuidar de los dos pequeños y de Esteban. Qué grande está el niño, si le viera su padre.

Al alejarme del pueblo me he sentido aliviada, como si escapara de una prisión sin portones. Cuántas veces planeamos irnos a la capital. Coger lo poco que habíamos reunido en estos doce años de casamiento y, sin mirar atrás, emprender una nueva vida. Qué ilusos éramos, qué jóvenes. Los niños nos encadenan aquí, a esta tierra dura y fría en invierno y polvorienta y calurosa en verano. Pero qué importa eso ya. Me has dejado sola.

La niña me pregunta cuánto queda. Apenas hemos recorrido nada. Esas son las huertas del señor Ramón, ni siquiera hemos dejado atrás las lindes del pueblo.

Maldita bastardía de cobardes. Si los vieras ahora, cómo se relamen los señoritos enfundados en sus camisas azules. La niña me pregunta una y otra vez cuánto queda, a cada paso se para y tengo que tirar de ella para que siga caminando. Quiere saber para qué vamos a la ciudad. Eso me pregunto yo, amor mío. ¿Qué espero de nadie si tú ya no estás?

Me gustaría volver a cantar como antes. Cuando Marciana y yo nos escapábamos de casa de don Jaime, el farmacéutico, y recorríamos los campos. Cuando una canta se siente libre. Libertad. Desprecio esa palabra. Fue la última que me dijiste antes de liar el hato. En tus labios sonaba dulce, pero esa proterva palabra me ha robado lo que más quería. ¿Para qué quiere ser libre una viuda sin alma? Eso es lo que ha conseguido tu palabra. Me ha vaciado hasta dejarme hueca. Si no estuvieran los niños me reuniría contigo, ¿una existencia sin amor es acaso vida? Para mí no, ya no. Sigue latiéndome el corazón, como si soplara dentro el eco de un aliento que se marchó contigo.

Todos libres, todos muertos. Ya estáis al amparo de Dios, con las almas de los hombres, donde los ricos tienen la misma ración que los pobres. Pero, ¿por qué nos has dejado aquí? ¿Por qué no viniste a recogerme? Tus palabras permanecen frescas en mi pensamiento.

Tu sonrisa con la gorra militar ladeada. Quiero recordarte con el bigote recién recortado, oliendo a jabón y a ropa limpia. Qué bien vestías el uniforme, parecías un general. Quiero recordarte así, como un soldado. Siempre fuiste un soldado. Tenías una causa y un enemigo. A los hombres os gobiernan las ideas, estáis demasiado despegados del suelo. No tenéis la vida en las entrañas. Por eso os eleváis, nada puede deteneros. Tus hijos sin su padre y tú buscando la libertad en la punta de una bayoneta. ¿Acaso no éramos libres juntos? Cuando mi padre te pegó aquel puntapié al verte conmigo paseando. Cuando nos veíamos furtivamente después de misa. ¿No éramos verdaderamente libres?

La gente habla de muchos muertos, de miles de muertos. Pero tú ni siquiera estás muerto del todo. En los papeles sigues vivo, en este pecho sigues vivo. Para la Guardia Civil te ocultas en los montes, para sisarles el sueño. ¿Y yo qué soy? Ni enlutada ni enlazada. Tan solo la hembra de un rojo, con sus cachorros hambrientos mendingando el pan de los vencedores. Las mujeres no somos libres. Los niños cuelgan de nuestras piernas con sus ojos inflados por las lágrimas, lágrimas de hambre. La libertad queda muy lejos de la costura, el lavadero, el mercado y la cocina.

Por las noches, cuando tus hijos dormitan, me agito en la cama, noto el vacío que se acuesta a mi lado, el aliento de la nada que ocupa tu lugar y el asombro de verte en mis delirios. Te advierto en la oscuridad, entrando y besándome como cuando éramos novios, acariciando mi cara, bebiendo mis lloros. Pero las sombras son sombras, espectros de libertad. Porque solo tú eres mi patria, mi bandera, tu voz es mi himno y tus ojos azules mi firmamento. Nunca sabrán tus hijos cómo era su padre, un fantasma que nunca existió; tan solo tu foto de soldado será su recuerdo. Maldita guerra. Maldigo a cada hombre que necesita morir y matar por ideas. Tengo celos de esa hembra hermosa por la que lo dejaste todo. Libertad. Las ideas no dan pan, únicamente traen muerte. Algunos hombres han vuelto. A todos les pregunto por ti. ¿Dónde está mi hombre? Nadie te ha visto. Los que han vuelto tienen la mirada difunta, como si les hubieran despellejado el alma. No sonríen, apenas hablan, miran siempre al suelo, pareciera que su cabeza no pudiera erguirse, ya no son hombres. No sé lo que son. Mis letras no dan para adivinar lo que les ronda la cabeza. La guerra les ha dejado lisiados del alma. Todos parecen iguales: visten sin gana, sus barbas crecen blancas y arrastran los pies como si les pesara el cuerpo. ¿Estás tú como ellos? ¿Caminas sin rumbo por los campos de España?

Todo iba a ser nuevo, recuerdas. Eso me decías mientras escuchabas el parte en la radio de la vecina. La República. Todos iguales. Arco iris de un solo color, el rojo de la sangre. Mucha sangre ha regado estas tierras. Lodo mezclado con lágrimas. Lágrimas de rabia, de miedo, de dolor apenas soportado por los corazones de las mujeres. El día que las mujeres vivan por sus ideas se acabará el mundo.

Tengo a la niña entre los brazos. Su calor me quema. Preferiría no sentir nada, pero siento tantas cosas: amor, odio, miedo, dolor. El sentir me hace vivir, por eso quisiera no sentir nada. Que se marchitara el fuego que un día ardió. Extinguido por las fuentes de mis ojos, apagado por el mar que no he visto y que nunca veré. Fortaleza está viva y necesita comer. ¿No lo entiendes? No necesita libertad, marido mío. Necesita un padre que la proteja, que la cuide. ¿Quién la besará por ti? ¿En qué hombro apoyará su cabeza rubia? ¿Quién dará puntapiés a los mozos que la ronden? Una niña sin padre.

No me pesa su cuerpo, el agotamiento tiene de bueno que duerme el cuerpo. Es como soñar despierta. Estás y no estás, como mi madre. Te mira con sus ojos de cristal, pero detrás de ellos no hay nada. Ya estaba mal cuando te fuiste, pero ahora ya no es. Así querría apagarme yo, como cuando al candil se le acaba el aceite. Primero parpadea, como un último suspiro y luego solo hay humo.

Libres, los pobres nunca seremos libres. Los bolsillos rotos no acumulan lo que hace falta para ser libres. El que camina por el campo es libre, pero cuando vuelve a casa, ahí uno es lo que le toca. Pobre, rico, cura o mujer. Tal vez la muerte sea la verdadera libertad. Allí todos somos iguales. Aunque los muertos no parecen muy contentos. Además, ¿quién quiere morir? Nadie, ni los locos quieren morir. Pero tú sabrás cómo se esta allí. A lo mejor el cielo es como Francia: grandes avenidas con árboles y niños regordetes y rosados paseando en carricoches.

Cuando murió mi padre, ¿te acuerdas? Pasé una semana llorando. Parecía tan desvalido en la cama. Su carácter, su fuerza, todo lo que él había sido, ya no estaba. El cuerpo, un traje que le quedaba grande, como si el alma le hubiese encogido. Por lo menos se ahorró toda esta guerra y este hambre. En su lecho, cuando el cura vino a darle la extremaunción, miró al cielo como si viera un pabellón de ángeles que fuera a llevárselo. Empezó a hablar a todos sus muertos. Al abuelo, su padre, al Juanito que murió antes de los diez años, a don Pedro, su amigo el barbero. Todos allí para acompañarle hasta el Paraíso. ¿A ti te fueron a recibir nuestros muertos? Puede que la guerra espante hasta a los muertos.

Juanito era un niño bello. Un ángel caído del cielo, por eso voló tan pronto. Este mundo no estaba hecho para él. Murió inocente, en gracia de Dios. El ataúd era tan pequeño. Mi padre lo llevaba con los brazos extendidos como si lo ofreciera a la muerte que lo reclamaba para saciar su hambre. En el cementerio el cura soltó una rápida letanía, los entierros de los pobres son tristes y las veinte personas que estábamos alrededor del pequeño agujero nos miramos confundidas, hastiadas de una vida que pide tanto y da tan poco. Pero no quiero entristecerte, marido mío, hablar de muertos a un muerto es algo inútil. Tal vez este viaje sea también estéril, pero ¿qué más puede hacer una viuda por sus hijos?

Mi padre murió, tú estás muerto, un día me reuniré con vosotros y miraré a los vivos como a extraños.

¿Cuántas lágrimas pueden llenar tu tumba? Si por lo menos me hubieran dado tu cuerpo, si tuviera en una caja la figura de tu alma, tendría el consuelo de velar el recipiente de tu existencia, la lámpara sin luz de tu ser. No me queda ni eso de ti. Solo tu imagen en mis ojos y esa foto que amarillea junto a la ventana. No sé si los muertos sin tumba son realmente muertos. Tu cuerpo no está en el camposanto, tus huesos descansan en una fosa común junto a otros locos de la libertad, abrazados como hermanos, familiares de la guerra. No hay mortaja para los perdedores, los derrotados no merecen el cielo de los vencedores, en esta nueva nación solo la mitad de los hombres puede llevar flores a sus difuntos.

Este año no han crecido las flores. La tierra borracha de sangre no quiere colorear los campos. La beldad contenida en las flores se pudre con la sangre inocente. La raza de Abel reclama venganza. Dos hermanos han tronchado la vida, enfrentándose brutalmente.

Marido mío, te decía que los hombres necesitáis ideas para caminar por este mundo, que les cuesta pisar el suelo duro de la existencia. Me gustaría volar contigo, imaginar que todo esto ha tenido un sentido, que los muertos no son inútiles, que sigo casada con el mismo hombre que conocí en un baile, que su sonrisa siempre reposará en mi mirada. Pero tus hijos tienen hambre de pan y padre, y yo no tengo nada para darles, únicamente recuerdos y dolor. Herederos de mis lágrimas, huérfanos de la desgracia y el deshonor, hijos de la muerte. Qué fría está la casa, qué lejos quedan los días de felicidad. Ya no hay sonrisas, ni los niños juegan, el silencio es el único que camina por nuestras vidas.

Morir. Es fácil desaparecer y dejar todo sin terminar, correr tras las estrellas, vivir en las cumbres de los cerros y quedarnos aquí los verdaderos muertos. Los que no tenemos nombre, de los que nunca hablarán los libros: los olvidados. Yo también moriré sin tumba, como tú, esposo mío, en la fosa común de los desheredados, fusilada por el hambre, el miedo y la desesperanza.

Tu hija y yo caminamos juntas. Ella está viva, tiene todo por delante, pero no la envidio, no tendría fuerzas para andar otra vez este camino. Lo bueno de la vida no compensa tanto sufrimiento. Agua pasada no mueve molino. Los recuerdos son una carga inútil y el pasado está hecho de recuerdos. La noche se acerca pero no tengo miedo. ¿Qué más pueden robarme? Mi hombre está muerto y yo camino desesperada. No necesito luces, para mí es siempre de noche. Mis ropas son negras, nunca más saldrá la luz del alba. Pero la niña está cansada y nadie quiere dar asilo a dos vagabundas harapientas. Buscaremos refugio debajo de los árboles que no entienden de riqueza ni de pobreza, porque todos son iguales. Sé que no dormiré, soñar es vivir y yo, esposo mío, estoy muerta.

Por la mañana, la impertinente luz del amanecer nos devuelve a la vitalidad anárquica de la ciudad. Desde la ventana los coches parecen minúsculas luciérnagas metálicas que caminan en bandadas entre bosques de ladrillo. Contemplamos el alba a ocho plantas de la realidad. Mi madre deja la habitación, hastiada del calor sofocante del hospital y de las cadenas invisibles de la enfermedad. Se ducha mientras yo saco de la máquina de café algo caliente con lo que despertar mi lucidez antes de regresar a casa.

Capítulo 2

Abrazos y besos

Después de unos días sin dormir con mi madre en el hospital, aquella primera noche me parece lejana, visionaria. Nada mejor para volver a la realidad que los ojos acuosos de mi hermana y la sonrisa de mi cuñado, que junto a mi madre esperan en el vestíbulo de la planta octava. Mientras me acerco y la veo, con su cara palidecida por los fluorescentes y la reclusión de las últimas semanas, mi corazón se acelera y sonrío deseando llorar. Siento el ahogo del calor del hospital, la asfixia de los sentimientos reprimidos, la ansiedad y la impotencia de todo aquello que se nos escapa de las manos. Mis gestos son rápidos para imprimir en mi alma la seguridad que me falta, la fortaleza que no poseo. Después, cuando nos quedamos a solas, damos vueltas por los pasillos, hablamos de la familia, de la monótona disciplina del hospital, de las visitas del día y nos agotamos dando vueltas sin llegar a ninguna parte. Regresamos a la habitación, donde le esperan la cena liviana y desabrida en bandejas de plástico y después la noche. Una noche más mi Sherezade me describe parte de su vida, salvándose de la inquina, del aburrimiento, del aliento fétido de la desesperanza. Mientras habla transforma las palabras en risas y lágrimas. Sus recuerdos fraguan estatuas desfiguradas por la memoria. Las dos caminamos juntas hasta la mente inviolable de mi abuela y nos dejamos envolver por los pliegues de su traje negro, perdiéndonos entre los mechones de su pelo blanco y los surcos de su piel morena.

Ser pobres tiene sus ventajas. Caminamos por la vida con la ligereza de la falta. Creo, querido esposo, que la verdadera felicidad está en la pobreza. Al fin y al cabo, Dios era pobre, nació en un pesebre. Al mismo tiempo me siento, me sentía mejor dicho, tan bienaventurada. Tú estabas aquí cada día. Podía escuchar tu tos matutina que me despertaba cada mañana, me levantaba para hacerte el café y juntos compartíamos los minutos sisados a la noche. Cuando salías por la puerta y te veía desaparecer por la calle oscura cubierta de barro, sabía con certeza que volverías. El día pasaba rápido, cuidar a cuatro niños no es fácil, aunque Fortaleza me ayuda un poco. ¿Cómo es posible que siendo tan pequeña esté tan espabilada? Esta maldita guerra nos ha robado la inocencia a todos. Cuando regresabas, ya anochecido, y escuchaba tus pasos detenerse frente a la puerta mi vientre daba un brinco. Siempre entrabas sonriendo, torciendo tu bigote afilado y corto, con los brazos extendidos y los niños corrían hacia ti en bandada y te comían a besos. Yo era la última, me levantaba despacio de la silla, dejando la labor y te besaba en las mejillas, tú me abrazabas con esos músculos duros y me levantabas del suelo y creía que podía volar.

El primer beso es la conquista del ser. Rompemos el cascarón y salimos de nosotros mismos y nos extendemos al otro. Me acuerdo de nuestro primer beso. Tan deseado y tan temido. Fue rápido y furtivo, como un robo; entre las sombras de la calle Mayor, bajo las estrellas del pueblo, a la hora en que duermen las cotillas agotadas de destruir la vida de la gente feliz. Te puedo asegurar que noté cómo las piernas me flaqueaban, si no me hubieras tenido sujeta me hubiese caído al suelo. Con el corazón acelerado fuimos hacia mi casa, aquella noche no dormí. Mi mente repetía el beso, lo alargaba hasta el infinito y sentía que mi cuerpo se rompía por dentro, como si me hubieran arrancado con unas tenazas de hierro las entrañas.

El deseo, marido mío, es el amor con dedos y labios. Palabras encarnadas en caricias y susurros, las lágrimas de felicidad vertidas sobre el altar del amor. El placer que convulsiona el cuerpo y rompe con todo lo que nos ata a esta tierra y nos hace mortales. Ningún hombre podrá darme eso. Desde que te fuiste, los cobardes y los traidores me han estado acechando como buitres ante la carne fresca. Una viuda es una presa fácil. Pero yo no estoy sola, siento tu presencia, a veces me doy la vuelta porque me invade un escalofrío, como si me miraras por detrás. Cuando me vuelvo y no estás algo se me parte por dentro. El otro día, cuando fui con la cartilla de racionamiento, se me acercó el Marcial. Ya sabes cómo es el Marcial. Esa bola de tocino de piel roja. Que podía darme otra ración más si me pasaba por las noches por su tienda. Le escupí en la cara. ¿Quién se ha creído que soy yo? Pobre, viuda de «rojo», lo que quieras, pero furcia nunca. Y eso que me duele ver a los niños pasar hambre. Nadie nos ayuda. Todos nuestros amigos están muertos, se han marchado o miran para otro lado cuando pasamos por la calle. Mis hermanas, ni contar con ellas. Parece que se alegraran de mi desdicha. Todos me han dejado. Estoy sola, hasta tú estás desaparecido.

Cuando nació Victoria parecía que el mundo iba a cambiar. Le pusiste ese nombre porque nació en abril del 31. Ahora el cura quiere que la bautice y le cambie el nombre. Que la nueva España es católica, apostólica y romana. Me pregunto qué tiene eso de nuevo. Siempre ha sido así. Ellos, los ricos y los curas, mandando y el resto obedeciendo. ¿Sabes lo que te digo? Que no voy a cambiar a mi hija el nombre que le puso su padre. Pero como te contaba, cuando nació Victoria fuimos felices. Tú decías que la República iba a repartir la tierra y el dinero, que por fin tendríamos una casa como Dios manda y que todos los niños podrían estudiar. Sueños, solo eran eso. Sobrevivir es la única victoria a la que podemos aspirar.

Aquel día hicimos una bonita fiesta. Cada uno llevó una cosa. Queso, pan, vino, unos dulces y chorizo. Los vecinos pasaban por el umbral y me felicitaban. Me acuerdo del traje que llevaba, de color blanco, con pequeñas flores verdes que resaltaban mis ojos. Me lo había cosido mi madre, ella siempre ha tenido buena mano para las telas. Fue la última vez que hablé con mis hermanas. Se les notaba que se morían de envidia. Ya ves, ellas que lo tenían todo, que se habían casado con dos mozos con tierras, que hacían la matanza todos los años y sentían envidia de nuestro queso rancio y del vino picado. A la gente no le duele lo que tienes, lo que realmente le molesta es que seas feliz. Ahora estarán contentas, ya no soy feliz. Junto a ti siempre lo fui, pero sin ti, sin ti no soy nada.

Tomás y Herminia se prometieron aquella misma tarde. Tu mejor amigo y mi amiga del alma. ¿Sabes que Tomás si ha vuelto de la guerra? Aunque ha vuelto a trocitos. Le falta un ojo y un brazo. Una granada le dejó así. Ya no es hombre ni es nada, no habla y se pasa el día sentado a la puerta de su casa con la mirada de su ojo perdida. No le encerraron ni en el calabozo. Herminia hace lo posible por sobrevivir. Él no lo sabe, pero ella se acuesta con el sastre donde trabaja de criada. Pobre Herminia, dejó marchar a su hombre y le han devuelto un cascarón sin alma. Yo te soy fiel, lo seré hasta la muerte, esta piel no está hecha para otras muelas. Cuando no tenga que comer y el hambre venza la batalla, acostaré a los niños y dormiremos hasta que los ángeles nos lleven a todos contigo.

Nadie se besa desde que acabó la guerra, todos están retenidos, estancados como una ciénaga. Corrompidos por sus complicidades y sus indiferencias. En cambio yo me siento redimida por los recuerdos, te prefiero muerto que vacío y seco como una mujer estéril. Las evocaciones me traen lo mejor de ti y me olvido de las tristezas y de las torpezas de la convivencia.

En el camino se ve gente de toda ralea. Expatriados del hambre y del miedo, aturdidos de todas clases que buscan sus pueblos, mendigos de besos y abrazos. No me dan miedo, aunque la niña se agarra a mi pierna porque los intuye muertos en vida. Aunque yo sé que son inofensivos, leoncillos sin dientes. El mal que pudieran hacer se les agotó en la guerra y en las alforjas solo llevan el miedo a no ser nunca más ellos mismos.

Hoy no llegaremos a nuestro destino, la niña camina poco y yo no quiero forzarla, apenas come la chiquilla. Un poco de pan y algo de queso es todo lo que llevamos. No tengo prisa. Lo único que me sobra es tiempo. Ese es mi único capital y mi tesoro. Ya ves, a mí me sobra lo que a ti te falta. Aunque bien visto, los muertos tenéis toda la eternidad y ya no sufrís más.

Mi madre nunca fue cariñosa, tal vez por eso yo necesito volcarme con mis hijos. Como si de ese mal hubiera nacido este bien;

como si, de no ser por ese rechazo, yo no hubiera podido amar tanto. Me gustaría recordarla abrazándome, besándome o diciéndome algo agradable o cariñoso, pero nunca fue así conmigo. No puedo reprocharle nada, y ahora menos, cuando ya casi ni siente ni padece, invadida por esa especie de melancolía que tienen los ancianos. La quiero, pero no puedo falsear la realidad, convertir mi infancia en una mentira endulzada por los recuerdos. Aun así, en muchas ocasiones siento rabia. No contra ella, más bien contra la vida que únicamente te da una oportunidad para hacer las cosas. Una sola oportunidad para ser feliz, y lo que es más importante, para hacer feliz a los demás.

Mi padre tampoco era cariñoso. Llegaba a casa cansado, al besarme sentía su aliento a vino y sus ojos brillantes. Se sentaba a la mesa mirando hacia el infinito mientras mi madre le ponía la cena. Comía en silencio. Nunca le vi sonreír. Parecía invadido por una extraña tristeza.

Mis hermanas, tú las conoces, como buitres deseando que mi madre muriera para quedarse con la casa y el huerto del palomar. Pero tal vez no esté bien que hable así de ellas, por sus venas corre la misma sangre. Se criaron en el mismo vientre y bebieron los mismos pechos. Sus maldades seguramente sean la invención de mi mente torturada. Estoy tan cansada, necesito verte de nuevo, aunque sea por última vez.

El Sebastián, ya sabes, el marido de Palas, mi hermana, a veces trae a escondidas panales de miel a los niños. Cuando lo ven entrar con las manos escurriendo el néctar de las flores, las criaturas le apretujan desesperadas. ¿Pero te puedes creer que cuando los llamo al orden, los niños se paran y se sientan en el pollete y en las dos sillas de esparto que todavía no he vendido. Sebastián mira asombrado la disciplina de los críos y deja sobre la mesa los panales y se despide con una sonrisa, con el dedo sobre los labios para que su mujer no se entere de nada. Muchas veces he pensado rechazar las ayudas de Sebastián, pero si él es buen hombre, si tiene más entrañas que Palas, ¿por qué voy a dejar que mis hijos pasen más hambre?

Nos hemos sentado a comer con unas mujeres que viajaban en dirección contraria a nosotros. Eran tan amables, parecían dos ángeles en este infierno. Nos han ofrecido uvas, pan blanco y un trozo de salchichón que era gloria bendita. Enseguida se han interesado por la niña y yo ya las veía venir. Me preguntaron si tenía más niños, me contaron tristes historias de sus hijos destripados por la metralla de una bomba y después sacaron un fajo de billetes, de esos nuevos que han fabricado ahora. La verdad es que me rompía el corazón verlas tan desesperadas. «Mi hija no está en venta», les dije, y cuando lo escuché de mis labios, me sonó cruel. «Niños huérfanos seguro que no faltan —añadí—, vayan a Madrid o a Toledo, seguro que encuentran uno». Cogí a Fortaleza del brazo y nos fuimos sin despedirnos. Los niños no pueden comprarse, como no se compran los besos y los abrazos.

Nos hemos quedado dormidas. Ella, en la cama, con el cuerpo cubierto, pero los pies fuera de las sábanas. Yo en el sillón de escay, tapada con una toalla blanca del hospital y con los calcetines sobresaliendo al otro lado. La mano de mi madre sale de la cama hacia mí, como si intentara protegerme, alejar los monstruos de la infancia. Me calzo en silencio. Al lado, otras cuatro personas viven sus angustiosas realidades ajenas a mis miedos. Camino titubeante por el pasillo interminable y en el baño del vestíbulo intento recuperar un aspecto decente. Las ojeras negras sobre mi pálido rostro achican aún más mis ojos, el pelo se mantiene en su sitio, la boca reseca por la calefacción me agrieta los labios. Me vuelven las náuseas, y aunque todavía no he ido al doctor, hace semanas que siento que una vida crece dentro de mí.

Antes de que se despierte mi madre ya he dejado el hospital. Mientras arranco el coche pienso en el día que me espera. Siento la cabeza pesada, el cuerpo acolchado e incómodo en la ropa del día anterior, y una opresión en el pecho, como si el aire caliente del hospital estuviera cansado de circular por mis alveolos limpios y vírgenes. Quisiera estar muy lejos de allí. Bañándome en una playa de Torremolinos, mientras mis padres me miran desde la orilla sentados en dos tumbonas azules. El mar a media tarde toma un tono verdoso, un color que me recuerda a unos ojos que llevo viendo toda la vida. Los ojos de una enferma de hospital que no quiere que muera su memoria.

Capítulo 3

La sangre

L a Navidad se acerca. La ciudad se viste de largo, cubrién-
dose de recargadas luces que pretenden alargar los escuá-
lidos días de invierno. En el hospital todo sigue igual, las
celebraciones se reducen al belén de la primera planta y a dos o tres
guirnaldas colgadas en la sala de enfermeras. Todos esperamos el
alta de mi madre con angustia y desesperación. Su estado de salud
continua igual y los médicos no logran darnos un diagnóstico claro.
Han decidido vaciar el líquido que se acumulaba en su vientre y a
la vuelta de las vacaciones tomar una decisión definitiva. Después
de extraer diez litros de un líquido incalificable, mi madre parece
más animada, y con el permiso de su doctora la llevamos a casa de
mi hermana mayor. Por la noche, cuando la casa está en silencio,
comenzamos a hablar sobre la abuela y su largo viaje.

La sangre ha salido del exilio de la carne y se extiende por los
campos. Todo viene con sangre. Me acuerdo de Fortaleza entre mis
piernas cubierta por un velo rojo con su piel rosada y escalofriada.
Mi madre a un lado, agarrada a mi mano, hincando sus nudillos,
como si tuviera miedo de que huyera, que dejara huérfano mi dolor.
La tierra se resiste a ser fértil, pero es como si todos quisieran que
la normalidad volviera cuanto antes. Enterrar a los muertos, tapar
con unas paladas de tierra su dignidad, todo por lo que merecía la
pena vivir y existir a secas, con los ojos cortados, cegados por la
desesperanza. Pero la sangre vuelve a brotar de cada calle, de cada

tapia, de cada cuneta y persigue a los asesinos, los asalta en sueños y rompe con ellos la madrugada. Los muertos regresan sobre las olas rojas con los nombre de sus verdugos escritos en la frente. De eso soy culpable, marido mío, de recordarles a todos su cobardía.

Estoy sola, araño con mis dedos desgastados los recuerdos que evocan el tiempo en que fuimos felices, pero a mi mente vienen las penas, el miedo que recorría mis entrañas y que ahora se ha convertido en la realidad que me niego a aceptar emprendiendo este viaje desesperado. ¿Por qué no me resigno como los demás? ¿Por qué no dejo que el odio que les devora se sacie sobre esta carne vieja y blanca? Será por ellos, por tus hijos. No quiero que nazcan con la señal de la bestia en su frente, que sean huérfanos de su pasado y analfabetos de la Verdad.

Tenía los pies ensangrentados. La niña, gracias a Dios, va con mejor calzado. Algunos labriegos la dejan montar en sus carros partes del camino y eso alivia su cansancio. Me alegro de haberla traído. Sé que un día correrá ella sola por este mismo camino en busca de respuestas y entonces, desde las voces distantes de la memoria, escuchará, sabrá y tendrá confianza.

El precio de la sangre sobre la balanza. Dicen que los que prueban su sabor no pueden dejar de matar. Hay mujeres que venían de la ciudad y hablaban de aviones que arrojaban bolas de fuego que lo consumían todo en un instante. En el pueblo no hemos visto cosas de esas. Los que daban el paseo nunca regresaban a sus casas, pero en las calles seguía la pulcra limpieza de la miseria. Ayala el profesor, Joaquín el barbero, el Cordobés, Juan (el hijo de la señora María), Marquitos, tu amigo y compañero, a todos les dieron el paseo. Por la noche, cuando se cometen los pecados más vergonzosos, les arrancaron de sus camas medio desnudos, para su última cita con la muerte. El pelotón, cuentan algunos, estaba compuesto por los dos cabos, el sargento de la Guardia Civil, los dos o tres falangistas demasiado cobardes para ir al frente, el relojero y el guardés de los Pantaleón. Los cobardes y los ruines, el ejército de retaguardia que mata a los que no se agachan ante los señoritos.

Mientras camino veo las cunetas llenas de cosas viejas abandonadas. Cuanto más cerca de la ciudad, más tratos y más rostros descoloridos se afanan en encender su mirada con los paisajes del campo, pero es inútil. Las tierras yermas, abandonadas a su suerte, responden con yerbajos retorcidos y enfermos. Los árboles, vencidos por la sequía, renuncian a las ramas superfluas y se concentran en unos pocos tallos jóvenes. Las ramas secas arañan el aire, quebrando las torturadas mentes de los refugiados. El goteo de gente se convierte en raudales. Mezcla de ropas viejas y elegantes vestidos gastados por la guerra. Fortaleza los observa en silencio, a veces se detiene ante algún niño brindándole una de sus eternas sonrisas, pero la respuesta siempre es la misma, un vacío inagotable. Las piernas flacas de Fortaleza parecen dos alambres tratando de sostenerla. Aún queda más de un día para llegar a nuestro destino, y a veces dudo de poder lograrlo. Me asaltan los miedos de ver a la Guardia Civil, de que me paren y me pidan un salvoconducto que no llevo, pero confundida entre la multitud de desplazados rezo para poder llegar a la ciudad. Todo será más fácil allí. Llevo semanas pensando en lo que voy a hacer, pero a veces me falta valor. Puede que ir a la ciudad solo complique aún más las cosas.

Un grito me saca de mis negros pensamientos. Fortaleza me mira asustada mientras con sus dedos minúsculos se agarra el pie como si jugara a la pata coja. Su gesto me es conocido. Una mezcla de dolor y miedo. Por un momento sus gritos traspasan mi mente y puedo escuchar su llanto.

—¡Mamá!

—No pasa nada. Solo es una herida. Siéntate en esa piedra, rápido.

Le quito la alpargata y veo una astilla que le atravieso la piel formando un bulto. La extraigo despacio, Fortaleza mira la herida y agita la pierna.

—No mires. Es mejor que no mires.

—¡Ah!

La astilla ya está fuera, pero tras ella un hilo de sangre muy roja gotea en la tierra. Saco de mi bolsillo un pañuelo blanco y se lo ato alrededor del pie.

—Esto servirá por ahora.

La niña mira la tela blanca y vuelve a sonreír. Dos o tres personas se han detenido a prestarnos ayuda. Un hombre demasiado elegante con su gabardina raída me extiende una botellita.

—Échele un poco de esto a la herida. No deje que se infecte.

El líquido es marrón y huele fuerte a alcohol. El hombre se sienta en el suelo. La niña no podía dejar de sonreír viendo al elegante desconocido sobre la tierra.

—Perdone que no me haya presentado. Emilio Candilejas— dijo.

Me agarra la mano y la intenta besar, pero yo la aparto de un tirón. El hombre no se ofende, me sonríe y acaricia el pelo de la niña. Los mechones rubios se alborotan entre sus dedos huesudos, de piel fina y rosada. Me contempla despacio e intenta hablar, pero al final vuelve a sonreír.

—Gracias— le contesto.

—¿Hacia dónde se dirigen en medio de esta desolación? Una madre y su niña pequeña no deben faltar de su casa en días como estos. Hay desertores, bandidos de la peor calaña y moros que dañan a las mujeres.

«Todo eso ya lo sé, pero la desesperación es más fuerte», digo para mí. El desconocido se pone tieso. Recupera su gallarda figura y me mira esperando una respuesta. Sigo callada, con los ojos gachos.

—Ahora entiendo cuál es la razón del silencio de la niña.

—Perdone, pero no estoy acostumbrada a hablar con desconocidos. En el pueblo, para mal o para bien, todos sabemos de qué pie cojeamos. Usted no es para mí más que otra sombra que se cruza en el camino.

El hombre mira a su alrededor. Personas con los trajes raídos caminan cabizbajas. Algunos carros llenos de paja o leña levantan nubes de polvo, cubriendo nuestras ropas de rojo e irritándonos la mirada. Asiente, como si se reconociera en la multitud confundida, espectral.

—Tal vez necesitemos hablar para dejar de ser fantasmas.

—¿Eso cree? Yo en cambio pienso que las palabras lo han destruido todo. Ahora solo habla la sangre.

Instintivamente miramos la herida de la niña, que cansada de nuestra charla se ha puesto a jugar con un palo, dibujando cosas en el polvo. Ahora el rojo intenso de la venda se ha transformado en marrón.

—No diga eso— se lamenta el hombre. Se encorva, como si mis palabras le envejecieran repentinamente—. Todos han muerto. Vengo en dirección contraria a la suya. Salgo de la ciudad. Allí he dejado lo poco que no he malvendido. No huyo. ¿Para qué hacerlo?

El hombre calla y el silencio se hace doloroso. Le miro y deja de ser un desconocido, un fantasma, y se transforma en otro hermano más de la tristeza. Después comienza a hablar de nuevo:

—Las bombas caían muchas tardes. Se escuchaba el zumbido que provenía del oeste. El cielo rojizo rompía la tarde y cuando el sonido estaba sobre nuestras cabezas comenzaban los silbidos. Tras ellos, el estruendo. Explosiones tan fuertes que nos ensordecían. Luego el silencio. Los primeros estallidos volvían todo callado, como en una película muda. El fuego, los destellos y escombros lanzados como proyectiles que nos picaban como insectos rabiosos cesaban un instante, pero la gente continuaba corriendo de un lado para otro, como si eso les hiciese sentirse vivos.

Yo también había escuchado los zumbidos en mitad de la noche, a veces al despuntar la mañana. Pero siempre pasaban de largo. Nuestro pueblo mísero no merecía una bomba. La muerte del cielo buscaba una masa de cuerpos informes que aguijonear.

—La sangre se desparramaba como el rocío. Los cuerpos reventaban y dejaban una estela púrpura. Una llovizna de gotas rojas que el calor de la pólvora ponía a hervir. Cuando todo pasaba caía la noche y el fuego de las casas incendiadas, el chasquido de la madera, el olor a carne chamuscada, apenas me preocupaba. Estábamos vivos. Mi mujer, los dos niños, hasta el pequeño canario había sobrevivido a tres años de guerra.

El hombre se encoge hacia delante, como si hubiera recibido un golpe en la tripa, levanta la cabeza y me mira.

—¿Por qué tuvo que ser una de las últimas bombas? ¿No hubiera sido mejor que todos muriéramos al principio? ¿Para qué les he sobrevivido?

No sabría qué responderle, querido marido. Por un momento escapo de mi dolor, contemplo cómo la pena sacudía a los que me rodeaban. Las desgracias se encarnan a mi alrededor y el palpitar de un corazón inmenso martillea dentro de mi cabeza. «*¿Cuántas historias hay dentro de todos esos espectros?*», pienso observando a los centenares de personas que hacían el mismo camino que yo. La fila es interminable y al otro lado de las colinas, en las lejanas serranías, en las ciudades atestadas de muchedumbres, el dolor se extiende como una inmensa mancha de aceite, impregnándolo todo.

—Sujeté a las niñas entre mis brazos. Sus cuerpos estaban todavía calientes y su viscosa sangre las cubría por completo, las teñía y deshumanizaba. No podía llorar. Las apretaba con mis dedos, las arañaba con furia esperando que se despertasen. Después las abracé hasta que comenzaron a helarse, a ponerse rígidas y agarrotadas. Unos camilleros intentaron arrancármelas de las manos, pero no pudieron. Pasé toda la noche con sus cuerpos pegados al mío, intentando transmitirles mi calor, pero sus gélidos brazos enfriaban mi pecho.

El rostro del hombre cubierto por sus lágrimas sucias parece estar ido. Al observarlo intuyo mi propia expresión en su mirada. Fortaleza juega con una niña que se le ha acercado y los vagabundos nos esquivan inexpresivos.

—Adonde usted se dirige solo hay muerte. Una informe nube roja que cubre cada calle y cada plaza.

—La muerte ya no se aposenta en un solo lugar. No busca sus presas entre los lechos de los agonizantes. Su trono está sobre esos montes, en las cumbres más altas y junto a las orillas de todos los mares. No escapo de ella. Salgo a su encuentro, la espero en cada recodo del camino, pero ella me rehúye. Lo único que teme es nuestra valentía, no soporta que la escupamos a la cara y nos riamos del sonido de sus cadenas. Yo también me aferro a la piel de mis hijos. Intento que no me los robe la misma dama que se llevó a su padre.

El vagabundo caballero afirma con la cabeza y hace un esfuerzo por sonreír a Fortaleza, pero en el último momento sus labios se niegan a abrirse. Tomo de la mano a la niña y nos alejamos del hombre. Su dolor me había robado el mío. La manta invisible que cubría el mundo, la barrera que separaba mi pena de la pena ajena se ha roto. Ahora, esposo mío, ya no eres el único soldado muerto de esta guerra.

Ríos rojos que hacen brotar sus pálidas ojeras. Ojos desenfundados de ambición, rotos por la dura carga de la enfermedad, por la carga de ser carga, ella que siempre ha sido el bálsamo de todos. Los brazos y los pies de la familia, el motor que impulsa al coche desbaratado y quejumbroso en que se ha convertido el cuerpo de belleza que le regalaron las estrellas. El tinto rojo derramado sobre un mantel blanco de hilo, diluido hasta convertirse en una mancha rosada. Un océano de vino que reflejan los cielos púrpuras sin nubes. En sus manos abiertas quedan los restos de las agujas, la vía envuelta en esparadrapo se escapa de las sábanas. Los dedos blancos y largos están huesudos en su máxima expresión. Una gota roja que deserta de sus venas ante el naufragio de su salud. Las venas azules brillan bajo la luz de los fluorescentes. Le miro los brazos y casi veo la sangre circulando por hilillos. Ella está dormida. Mi Scherezade respira profundamente, formando un coro con las demás enfermas; entre quejidos y suspiros cantan a la luna. Esa noche me toca imaginar sus dulces palabras volando como un susurro entre la agónica cama hasta mis oídos ávidos. En el pasillo, las últimas instrucciones de las enfermeras se anuncian a gritos y el barco comienza a soltar amarras hacia el mar de los sueños, en la habitación prohibida de nuestro cerebro, donde se esconden los recuerdos que el alma ya no puede soportar.

Capítulo 4

El baile

La televisión está puesta a todo volumen. La vecina de cama quería ver el programa homenaje a Lola Flores y como está sorda como una tapia y medio ciega, puso el volumen al máximo. Mi madre ya no ve bien. La cabeza le da vueltas y apenas se tiene en pie. Me recibe con su sonrisa e intenta tranquilizarme con la mirada. La beso, mientras en la tele Lola Flores canta a pleno pulmón. Con un poco de perfume intenta disimular su olor a medicamento y hospital, pero el pestilente aroma de la enfermedad lo llena todo. Por unos segundos la imagino vestida, perfumada y pintada. Respiro hondo y freno el ahogo que me sube por la garganta. Sonrío y ella comenta algo de la tele y el volumen, después hace un gesto jocoso que ilumina su mirada apagada y ciega. Me toma del brazo y salimos costosamente hasta el pasillo. A eso se ha reducido su vida. Una habitación blanca, fría, de paredes desconchadas y un pasillo largo que conduce hacia la libertad. Esa noche no espera a estar tumbada para hablar de su madre. Comienza a contar su historia en medio del pasillo en penumbra, con la voz de la Faraona remachando sus palabras.

Hay algún acuerdo secreto entre la música y el movimiento. Escucho a los carros chasqueando entre las piedras, las bisagras chirriantes, el golpeteo de los pasos y siento que todo unido forma una melodía confusa. La música de la vida en su esencia más primaria, el movimiento. Nadie canta, no hay melodías silbadas, no he visto una sola guitarra en todo el camino. Las canciones que siempre me han acompañado. Canciones mientras sembrábamos los campos, canciones al recoger la cosecha, canciones en las fiestas y en las bodas, palabras cantadas en las misas, la música de la banda en las fiestas, tarareos en el río mientras lavaba la ropa, los silbidos secos de los pastores, estridentes acordes de violín en la casa de los ricos, pianos desafinados de pueblo. Ahora ya no hay canciones, pero la machacona melodía de la vida se resiste a desaparecer.

Al caminar siento el ritmo de mis pasos. Me viene a la cabeza el baile en el que te conocí. Tú eras de un pueblo cercano, un mozo guapo, con tu bigote fino como un hilo negro, el pelo ondulado, la frente despejada, los ojos con pestañas largas y femeninas. Los labios carnosos empapaban un pequeño palulú que mordisqueabas apoyado en un árbol. Tus amigos bailaban, mis amigas hacían lo mismo, pero tú y yo nos penetrábamos con los ojos. Intentábamos danzar solos, en mitad de la plaza, ajenos al bullicio, absortos en nuestra propia melodía, componiendo una música que nunca nadie antes había escuchado. Entonces te erguiste, comenzaste a andar hacia mí y el corazón quería salírseme del pecho. Bajé la mirada, respiraba con dificultad, noté como me enrojecía. Entonces vi tus zapatos, meneabas un pie al son de la orquesta. Levanté la mirada. Me cruce en la selva de tus ojos y extendiste el brazo sin mediar palabra. Bailamos pero yo no oía la música. El mundo estaba paralizado, nosotros éramos los únicos que nos movíamos. El silencio nos guiaba, la melodía surgía de los latidos frenéticos de mi pecho y de tu respiración profunda. Apoyé mi cabeza en tu pecho y supe que ya no quería estar en otro lugar. En ese momento el padre Damián nos separó, nos marcó la distancia, pero tu piel y mi piel ya formaban una sola.

Tres años después, teníamos algo ahorrado. De picapedrero no ganabas mucho y mi dote era poco más que dos colchas, un juego de sábanas y el viejo baúl de mi abuela, pero nos casamos con toda la ilusión del mundo. Después de la breve ceremonia que tuvimos que compartir con otras dos parejas, en la taberna una destartalada banda tocó unos pasodobles, y hasta mi tía Felisa se animó a bailar. Tú bebiste mucho, parecías confuso, con los ojos turbios e inexpresivos.

No había boda en la que no me sacaras a bailar. La gente nos miraba, éramos también plantados, delgados, guapos y jóvenes. El picapedrero más apuesto de La Mancha y la costurera más bonita de Ciudad Real. Pero nunca bailamos como aquella primera vez, piel sobre piel, corazón desbocado y respiración profunda.

Te gustaba oírme cantar. Barría y mi voz chocaba contra las paredes torcidas de nuestra casita encalada, me ponía en el hogar a calentar el cocido y de dentro de mi garganta flotaban las notas de las mil canciones escuchadas a mi madre, de las mismas melodías que mi abuela cantara frente al mismo fuego. Tú, sentado en la silla, me mirabas en silencio. Yo sentía el escalofrío y, en aquellos primeros meses de estar juntos, nada hubiera podido hacerme más feliz. Nunca te escuché cantar. Cuando te llevaba el almuerzo, tus compañeros arañaban las piedras con su canto, pero tú paladeabas el palulú, golpeabas rítmicamente la roca, nunca cantabas. Cuando la casa se nos llenó de niños, ya no eras tu el único que me mirabas, uno a uno nuestros hijos fueron creciendo con mis canciones. Nuestra casa era modesta. Un cuarto grande, con una chimenea y una gran roca que servía de asiento y de cama a los niños. Nuestra habitación, casi vacía, tenía los únicos muebles de la casa. Una gran cama de hierro, con su colchón de paja y su cabecero oxidado, un baúl grande y una silla de esparto desgastada y rota. No nos hacía falta más. El suelo de tierra batida, las paredes encaladas, y dos ventanas con postigos de madera y cortinas viejas. Un palacio. Para nosotros siempre fue el mejor de los sitios donde vivir. Hacíamos planes. El oficio de picapedrero no llenaba las alforjas, pero cada mes lograba arañar unos reales y planear un futuro para nuestros hijos.

La radio de doña Mariana sonaba por las mañanas junto a mi ventana. Repicaban las coplas en las paredes y con los niños sentados en el suelo, jugando con una muñeca de trapo o un simple palo, barría el suelo despacito para no levantar el polvo. De vez en cuando abrazaba la escoba y comenzaba a bailar; los niños se levantaban, se agarraban a mis faldas y remolineábamos por el suelo y reíamos a carcajadas.

Camino con la mirada gacha y Fortaleza prendida a mis faldas charlando para sí. De vez en cuando ríe suavecito y la gente que nos espía casi le regaña con su enmarañada mirada. La niña continúa en sus ensueños, pero al rato se cansa, se aburre y me repite: «*¿Queda mucho, madre?*». Le paso la mano por el cabello rubio e intento sonreír, pero algo me aprieta las tripas y asiento vencida por la tristeza.

Una música lejana se asoma al recodo del camino y se me escalofría la piel. Hace meses que no escucho a nadie cantar. Durante la guerra se cantaba mucho, tal vez para espantar a la muerte, pero ya todos estamos difuntos y lo único que espanta es abrir los ojos cada mañana horrorizados de continuar respirando. Las voces son de mujeres. El resto de los caminantes intenta seguir al sonido, muchos maldicen y perjuran. ¿Quién canta en medio de un entierro? Las plañideras, enjutas, grises y flacas, se santiguan, cogen tierra roja del camino y la lanzan sobre sus pañuelos negros. Los hombres, vestidos de andrajos, como en una fiesta de carnaval de campesinos, despiertan del miedo y gritan insultos. Fortaleza me mira con sus ojos grises y con un gesto en el oído me señala que se escucha música. Que no ha desaparecido, que se esconde de las penas, de la muerte, que un día de estos tenía que dar la cara.

No sé que pensar, querido esposo. El dolor se enfría y, como cuando el pie dormido recupera su fuerza, siento mil pinchazos por todo el cuerpo. Primero duele, escuece, pero luego noto el calor que me invade y el sonido de las pisadas y el tintineo de las campillas de las mulas, que acompañan a las voces distantes.

La música se aproxima, o somos nosotras las que caminamos más deprisa. Fortaleza tira de mi falda. Ya no se queja, no hay que arrastrarla. La niña casi corre hacia las voces. Ascendemos una pequeña cuesta y noto el cansancio de los últimos días. En lo alto vemos un corro que casi tapona el camino. Fortaleza se suelta y camina dos o tres pasos por delante. Hace meses que no se aparta tanto de mi lado, pero ahora la música le llama. Se da la vuelta y me sonríe, sin darme cuenta de que yo también sonrío y enseguida miro a un lado y al otro por si alguien me ha visto. Avergonzada de ese instante de felicidad.

De cerca, el corro cerrado tapa a las mujeres pero sus voces se escapan entre el público improvisado que las rodea. La gente mira disgustada. Cojo de la mano a Fortaleza y la separo un poco. Ella insiste en clavarse entre la gente y mirar entre sus piernas. Tengo miedo de que los caminantes enfurecidos las apedreen allí mismo. Tiro de la niña pero ella se me escapa y se sienta en el suelo, enfrente de las mujeres. Entonces la música cesa y se disuelve el corrillo. Fortaleza sigue sentada. Ahora veo a tres mujeres. Una de ellas tiene la piel amarillenta y arrugada, los ojos como dos gotas de aceite negro brillando hundidos. A su lado dos muchachas, casi unas niñas, la agarran una de cada brazo y comienzan a caminar. La anciana se detiene y mira sonriente a Fortaleza.

—Hola niña, ¿cómo es que tú sonríes?

La niña observa extrañada a la señora y se levanta.

—¿Es hija suya?— pregunta, pero no la escucho. Me siento aturdida y tomo a la niña de la mano.

—Qué linda.

Las dos muchachas sonríen y rodean a Fortaleza. Tiemblo y estiro de la niña hasta pegarla a mis faldas. Las tres mujeres no dicen nada. Las muchachas agarran a la anciana y comienzan a caminar.

—¿Por qué cantan?

Escucho mi propia voz y me ruborizo. Noto el calor que me asciende por la cara. Las tres se miran y la anciana se adelanta un poco hasta casi tocarme. Después se sienta en una piedra. Cierra los ojos y farfulla algo, parece más un sonido que una palabra. Me aproximo, me agacho un poco. Ella hace un gesto para que me siente. Dudo un instante, pero estoy cansada. Llevo varias horas caminando y cargando a Fortaleza. Al sentarme en las raíces de un árbol noto el cuerpo flojear. Las chicas se acomodan alrededor y Fortaleza se apoya en mí.

—¿Que por qué cantamos?— repite la anciana. Sus arrugas se contraen y expanden a medida que habla, como las olas del mar. La gente nos mira al pasar. Algunos escupen al suelo y otros nos hincan una mirada muerta—. Nosotras somos gitanas. Cuando comenzó esta guerra todo siguió igual para nosotras. Continuamos recorriendo los caminos con nuestro viejo carromato. Cantábamos por los pueblos, adiestrábamos a una cabra para saltar por unos aros de colores. Un día estábamos con un bando y otro día cruzábamos las líneas y los enemigos se reían con la misma fuerza y bailaban con el mismo arte nuestras coplas. No había mucho que manducar. Sopa de gallina, algún queso rancio, un poco de pan, pero no nos quejábamos. Yo soy viuda, pero mis dos hijas y mi hijo me acompañaban a todas partes y lográbamos esquivar las balas y reírnos de la muerte. Que los payos se maten o se dejen de matar no era algo que nos importara. Un gitano es siempre un gitano, gobierne quien gobierne. Una tarde, maldita sea su estampa, un sargento al mando de unos soldados se acercó al carromato y al ver a mi hijo le preguntó la edad. «Pues tiene edad para hacerse un hombre», comentó. Yo le agarré del brazo y juré y maldije, pero el payo se había empeñado en llevárselo para la guerra. Dos años hemos pasado con miedo y tristeza. ¿Dónde estará mi ángel, mi luz? ¿Tirado en una cuneta? ¿Prisionero? Perdimos el carro en un bombardeo, nos quitaron lo poco que teníamos. No nos quedaba nada. Una mañana llegó a casa de mi hermana una carta de mi ángel. Él no sabe escribir y yo no sé leer. Me la leyeron y decía que mi ángel estaba vivo. Nos dirigimos a su encuentro. Por eso cantamos. La Santísima Virgen nos ha devuelto a mi niño.

La mujer sonríe. Sus ojos se encienden debajo de los pliegues de la carne surcada de arrugas y por unos momentos observo cómo se le ilumina la cara. Me dan ganas de abrazarla y de atravesarle el corazón con un cuchillo. ¿Por qué su hijo ha sobrevivido? Un muchacho sin obligaciones, sin esposa ni hijos. Si hubiera muerto, el corazón de la anciana se habría partido en mil pedazos, pero ella solo es una anciana que no sobrevivirá al hambre y la fatiga. Si el gitanillo hubiera desaparecido, ni su nombre seco estaría en una hoja, en un registro; como si nunca hubiese existido. Me ruborizo y horrorizo al ver desfilar esas ideas por mi mente. En ese momento la rabia y el dolor se transforman y me alegro por la suerte de un gitano desconocido, un pobre vagabundo que ha sobrevivido para continuar siendo un paria. Fortaleza escucha a la mujer y de vez en cuando levanta los ojos y me lanza una mirada triste. Intenta hablar varias veces, pero no le sale la voz de la boca. Al final arranca y me pregunta.

—¿Padre también regresará?

Maldigo a la gitana por dentro, que con las tenazas de su fortuna me arranca las entrañas. Fortaleza sigue mirándome y yo aparto los ojos y con la voz ahogada digo que sí. Un sí mentiroso, roto y reseco. Ella sonríe y me abraza, siento el chasquido del corazón y el suspiro que me nace del estómago y se confunde con la náusea, aprieto la garganta y noto la arcada que me quema la garganta. La gitana anciana se levanta con una agilidad inesperada y me abraza. Su calor y su olor me invaden. Nadie me había abrazado desde hacía mucho tiempo. Fortaleza se asusta y también me abraza. Permanecemos un rato quietas, inmóviles, petrificadas. Empiezo a llorar. Las lágrimas se espesan con el barro pegado a la cara y cuando llegan a mis labios percibo el sabor a tierra y sal. Mi cuerpo se estremece. El pozo de los sentimientos se desatasca, explota y se derrama por el camino. Gimo y el ahogo de la garganta se afloja, se disuelve y los pulmones se inflaman para vaciar un nuevo suspiro y un nuevo llanto. La gitana me acaricia el pelo y susurra palabras que no entiendo, pero que significan lo mismo en todos los idiomas. Poco a poco me calmo y me seco las lágrimas con las manos.

—Dios te guarde— dice la anciana. Su rostro se ha empequeñecido y sus ojos se han vuelto a hundir tras los pliegues de su piel arrugada. Mi tristeza le ha devuelta la suya perdida. Su alegría ha transformado mi desesperación en la peor de las esperanzas: la fe.

La gitana mira a sus hijas que han permanecido sentadas y en silencio. Junta las palmas de sus manos y canta:

El grito deja en el viento
una sombra de ciprés.
(Dejadme en este campo
llorando).

Todo se ha roto en el mundo.
No queda más que el silencio.
(Dejadme en este campo
llorando).

El horizonte sin luz
está mordido de hogueras.
(Ya os he dicho que me dejéis
en este campo
llorando).

Capítulo 5

Cartas desde el frente

15 de septiembre de 1936

Querida esposa:

Hace una semana que llegué al frente. Los compañeros se encuentran animados, parece que estuviéramos de excursión. Los campesinos nos traen comida, la Cruz Roja llena las despensas con latas y creo que he engordado un poco.

Te echo mucho de menos. Echo de menos tus migas, el pan que amasas por las mañanas, tus canciones y tu sonrisa. ¿Cómo están los niños? Seguro que por las noches se acercan hasta el portón para ver si regreso del trabajo. Fortaleza lloró mucho cuando me puse en la fila de los voluntarios. El camino fue fatigoso. Casi todo el camino lo hicimos a pie. No nos dieron uniformes ni botas, ni un rifle por si los fascistas se nos cruzaban por el camino. Pasamos las caminatas cantando y saludando a los campesinos que nos miraban con recelo. Por las noches, el Julián tocaba la armónica junto a la hoguera y nos asábamos alguna liebre matada a pedradas y nos reíamos del hambre.

En el frente las cosas no están mucho más encaminadas. La gente viene y va como si se tratara de una verbena. Que si esto de la guerra no era lo que esperaba, que yo me tengo que volver. Los mandos no ponen muchas pegas. Nos llaman camaradas, se remangan como nosotros para excavar las trincheras y se emborrachan con el vino y el licor requisado en las iglesias. Por las noches hace mucho calor. Se escuchan los grillos, y a lo lejos el estampido de las bombas nos recuerda donde estamos.

Juego a las cartas, pero no te preocupes, lo más que apostamos son unos pitillos. Me dieron un fusil al llegar, pero no he podido disparar un solo tiro. Dicen que debemos guardar las balas para los fascistas. Tres balas, cariño, con tres balas quieren que matemos a todo el fascismo internacional.

Los fines de semana vienen a visitarnos las mujeres de algunos compañeros. Muchas traen la comida para sus hombres y las más lanzadas cargan con dos o tres churumbeles. Por eso he pensado, no sé si te parecerá, que vengas a visitarme. Peligro no veo. Si lo hubiera no te lo pediría.

Bueno, no me queda más papel y me duele la cabeza. Ya sabes que no tengo muchas letras. Marcial me pide que le digas a Sebastiana que está bien. Que la echa en falta.

Un beso a los niños.

21 de marzo de 1937

Querida esposa:

Los meses han pasado muy rápidos. Los días se han convertido en unas pequeñas hojas de papel y los he ido arrancado con desidia, con la monotonía de un mal que se acerca. Tu rostro está siempre presente en mis pensamientos. Recuerdo los juegos de los niños y me pregunto cuándo podré volver a verlos.

Hemos entrado varias veces en combate, pero no he visto ningún enemigo. La sola palabra me resulta extraña, enemigo. Tiros y cañonazos, aviones rasantes peinando todavía los campos verdes. Bombas que estallan por delante y por detrás. Mucho barro y ratas, que no sé de qué se mantienen, ya que la comida empieza a escasear. Si no fuera por las provisiones que traen las esposas de los compañeros muchos días nos iríamos a dormir con la tripa vacía. Los oficiales ya no se muestran tan amigables. Apenas se mezclan con nosotros, andan serios e intentan mantener la disciplina entre los soldados. Seguimos cortos de ropa, de balas y de casi todo. Por las noches, Emilio el Cordobés nos anima un poco cantando algunas canciones, pero las coplas me recuerdan tanto a ti.

El otro día salimos a inspeccionar un monte cercano. Apenas a medio kilómetro de las trincheras. El corazón me golpeaba en la boca, no paraba de sudar de pensar en no volver a veros a ti y a los niños.

¿Al final vendrás a verme? Todavía la situación es buena, no sé cómo se encontrará en unas semanas.

Da un beso muy grande a los niños.

Con amor.

Julio de 1937

Querida esposa:

Desde que te fuiste la cosa no ha hecho sino empeorar. Los jefes han ordenado restringir las visitas de los civiles. La fiesta terminó, ahora se le ven las orejas al lobo. Las noticias que nos llegan son pesimistas, aunque los comisarios del partido intentan animarnos y nos hablan de la dura lucha que ganaron nuestros hermanos rusos en la Unión Soviética. Maldita sea mi estampa, qué me importa a mí lo que hagan o dejen de hacer esos rusos. Los pocos que he conocido son secos y fríos. Con sus botas de pato, sus uniformes grises y su mirada amarga.

El otro día cogieron a un par de desertores al otro lado del río, ese que tú y yo caminábamos cuando estuviste aquí. Nos reunieron a todos en filas, creo que es la primera vez que hemos estado de forma ordenada. Los muy animales han colocado a los dos hombres en el centro. En voz alta han leídos sus nombres. Los pobres sollozaban y uno de ellos se puso a arrastrarse hasta el capitán. Dos sargentos los cogieron y los pusieron de rodillas. Apuntaron sus pistolas y los mataron sin miramientos. ¿Acaso no eran esos hombres libres de irse o quedarse? ¿No estamos luchando para que nunca más un hombre le vuelva a decir a otro cómo tiene que vivir y por qué tiene que morir?

Tengo miedo de que lean estas cartas, pero ¿qué pueden hacerme? ¿Llamarme traidor por pesar, por mirar por encima de esta pocilga de barro? Los que están al otro lado de las trincheras, ¿no son campesinos y obreros como nosotros?

Querida, no quiero preocuparte. La vida no está tan mala por aquí, lo que sucede es que esta guerra es demasiado larga. Todos estamos cansados y las tropas de Franco no hacen más que vencer y masacrar.

Da un fuerte beso a los niños y diles que estoy luchando para que ellos no vuelvan a luchar nunca más.

Este que te quiere.

2 de octubre de 1937

Querida esposa:

Hace unos días hemos lanzado una ofensiva para ganar posiciones. Nos hemos dirigido más allá de las trincheras. Las baterías enemigas nos martilleaban con sus bombas, pero nadie dio un paso atrás. Los oficiales nos apuntaban con las pistolas. «Queremos infundir valor a los cobardes», nos decían. Ha sido una carnicería, los compañeros a mi lado saltaban por los aires destripados, la sangre salpicaba por todas partes y nos tirábamos a los charcos para engañar a las balas, pero los miembros del partido y los cabos nos sacaban a culatazos. Muchos se meaban encima y lloraban como niños mientras los oficiales les amenazaban con las pistolas en el cuello. Llevábamos así horas, casi medio día corriendo y cubriéndonos. Nuestras baterías no llegaban hasta las posiciones enemigas y los obuses caían a nuestros pies. Entonces llegamos hasta una de sus líneas. Me he lanzado gritando con los ojos cerrados, más de miedo que de rabia. Al abrirlos he visto unas pupilas que se me clavaban; su miedo me ha horrorizado. Dos tiros y el chico, que no era más que un niño, ha abierto la boca para decir algo, sorprendido por la muerte y en un último suspiro se le ha escapado el aliento. El ruido de las balas zumbando por todos lados nos aturdía. En un momento el suelo estaba cubierto de cadáveres y los pisábamos para seguir avanzando y no hundirnos en el barro y la sangre. No sé por qué te cuento esto. Por qué añado horror a tu horror, muerte y más muerte. Cuando nos han dejado descansar un poco, me ha subido la arcada que contenía el miedo y he vomitado hasta que no me ha quedado nada en el estómago.

Matar a un hombre, quitarle lo único que poseemos, este cuerpo débil que no soporta el frío ni el calor, con los músculos cansados de cargar los años y la cartuchera, con los huesos helados, que empiezan a marcarse en nuestras ropas sucias y empapadas de sangre, barro y tristeza.

Ya no veo las banderas rojas, los himnos han cesado con las lágrimas y se han asfixiado con la bilis del dolor. Los ojos de mis compañeros comparten la misma expresión: el sinsentido, la bochornosa mensajera de los ideales. Todos iguales, tan iguales como un cadáver sobre otro en un campo lleno de cráteres. No quiero matar más. No hay ninguna idea que merezca un niño con hambre, una anciana arrastrada de su habitación en plena noche, un infante estallado contra una tapia, unos hombres fusilados al amanecer junto a la cuneta donde orinan los perros.

Querida esposa, yo ya he acabado mi guerra. Esperaré a que soldado tras soldado caído como piezas de dominó termine lo que nunca debimos empezar.

Un fuerte abrazo.

6 de enero de 1938

Querida esposa,

Desde hace meses no te escribo. Nuestro ejército se bate en retirada desde hace semanas. Apenas llegamos a un sitio y hay que recoger todo con urgencia y marchar a pasos forzados hacia el norte. No sé cómo estarás, cuál es tu situación, ni siquiera si esta carta llegará hasta tus manos o si estaré vivo cuando la recibas. No me resigno a caer atravesado por una bala. Los niños y tú me necesitáis, a pesar de lo cual no puedo decir que tenga muchas esperanzas de reunirme contigo cuando esto termine. Los vencedores no suelen ser misericordiosos con los vencidos. Nosotros hemos asesinado tanto o más que ellos. Violadas en las cunetas están sus mujeres y sus hijos muerden el polvo de la venganza. Pero alguien tendrá que volver a levantar lo que hemos destruido, se necesitan manos para segar los campos, picapedreros que reconstruyan los caminos.

Todos mis amigos han muerto. A los más afortunados una mala bala les inutilizó un brazo o una pierna y están en hospitales de campaña o prisioneros de los fascistas. ¿Por qué sigo yo en pie? ¿Qué ángel malicioso ha alejado a la muerte de mi vera? Se ríe de mí el destino, me deja para el final, me reserva la última bala, quiere mantenerme erguido frente al horror, ronco ante la masacre, y cuando me haya arrancado el corazón, cuando mis ojos se cieguen con las últimas astillas de esta guerra, entonces, calladamente, vendrá a por mí.

Amor, abraza a mis niños. Quítales el aliento con tus brazos. Perdóname por no ver antes este final, por no escuchar tu voz, por no atesorar la riqueza infinita de tu prudencia. ¿Qué otra cosa podía hacer? El alma de esta España rota en dos pedazos, dividida para siempre, solo me daba a elegir un camino. Cuando todo pase, cuando me humillen delante de una bandera que no es la mía, cuando reciba en este cuerpo cansado los golpes de mis hermanos, de mis padres, de mis hijos, con el último aliento, consumido por el fuego de creer hacer lo que es justo, cuando ese fuego purificador de la muerte me fulmine, en ese instante, si permanezco, si logro cruzar todos esos gólgotas, sé que tu estarás allí, siempre a mi lado.

Hasta que vuelva a verte.

23 de marzo de 1939

Estimada señora:

Estas letras parecen lanzadas en medio de la nada. A medida que nuestra columna retrocede, a nuestros pies desaparece todo lo que hemos construido con sudor y sangre. Permítame que me presente: solo diré de mí que soy el capitán Zaragoza. Su esposo viaja herido con nuestra unidad. No le ocultaré que su estado es grave. Lo encontramos en una cuneta cosidos a balazos. Alguno de mis compañeros me dijeron que le diera el tiro de gracia. Sé que es duro hablarle en estos términos, pero en esta guerra no hay tiempo para las formalidades. Me negué a dejarle morir como un perro. Su marido luchó para que todo fuera diferente, y ahora que el mundo vuelve a girar y el sol alumbra otra vez para los mismos, no debía abandonar a su suerte a un hombre que quiso cambiar la suerte de toda España.

Le tengo aquí a mi lado. No habla, pero cuando la camioneta bota en los baches, se le escapa un sordo gemido que indica que sigue con nosotros. Yo le hablo de vez en cuando. Desconozco si me escucha, no hay nada más que hacer en una camioneta que apenas avanza por medio de una interminable columna de parias y apátridas.

Señora, el país se nos acaba a cada paso, ciudad tras ciudad, pueblo tras pueblo, se borra lo que fuimos y lo que seremos. Al final de este viaje no sé lo que nos espera, tal vez una nada tan inmensa como la nada de la que escapamos. Mientras siga vivo cuidaré de su marido, no me pregunte por qué. A mi lado todo es muerte. Tal vez salvando a uno, aunque solo sea a uno de los fantasmas que se desangran en las cunetas, Dios o Lenin perdonen mis pecados y me devuelvan mi conciencia.

No puedo escribir más, disculpe la mala letra, pero los balanceos de este cascarón no me permiten otra cosa que arrancar una sílaba a cada bache.

A sus pies, señora.

¡Viva la República!

Capitán Zaragoza

Capítulo 6

Soledad

El dolor siempre es solitario. Es una realidad misteriosa que nos acecha detrás de cada esquina. Vivimos en la quimera de que nosotros nunca sufriremos, que escaparemos ilesos. Que la temible niebla del dolor, que opaca la luz hasta devorarla completamente, será breve, como cerrar los ojos unos instantes y ver la claridad que atraviesa los párpados cuando miramos hacia el sol. El enigma del dolor es siempre inexplicable e inexplicado, sordo ante la pregunta: ¿qué sentido tiene?

Cuando las olas de dolor te sacuden, chocando contra tu inquebrantable resistencia, estrellándose una y otra vez contra tu frágil cuerpo, y te tambalean hasta que te retuerces en la cama y ya no hay nada más que dolor. Entonces maldigo la fuente que arrastra las corrientes a través de tus nervios, los impulsos que comunican el desgraciado mensaje del sufrimiento. Te observo impotente. No hablas, ni intentas ni logras mirarme. ¿Estás asustada? Me cuesta imaginarlo. En medio de la habitación repleta de gente sé que estás sola. Esta noche no habrá historias. Viajas hasta el corazón, el alma misma del país de las lágrimas, recorriendo nuevamente los mismos caminos polvorientos de tu infancia.

Al final nos vimos. Las horas de camino, los traqueteos del camión. El aroma a café mezclado con el pestilente olor a patatas podridas. Nada me importaba.

Como una loba que abandona a sus cachorros atraída por la fragancia de una presa que pasa junto a su lobera, salí a buscarte. Me puse el traje de flores. Brillaba bajo aquel sol incendiario, con el pelo ondulado, como a ti te gustaba. Las demás mujeres me miraban con desdén. Se escondían de mi frondosa mirada, hastiadas en viajar junto a alguien que exhalaba felicidad. Un temor me estorbaba. ¿Cómo será tu aspecto? ¿Estarás delgado, con la piel macilenta azotada por el sol? ¿Te veré como un extraño, con el gesto distante? ¿Me mirarás con tus dos océanos y ladearás el bigote al verme? ¿Me levantarás en volandas y yo giraré como una niña sin parar de reír? ¿Me besarás, tus labios sabrán todavía a jazmines y azahar?

El paisaje comienza a volverse gris. El cielo azul está entreverado por grandes nubes de polvo; polvo de guerra. Las bombas se escuchan cercanas. Nuestros oídos se taponan. No sabía que para acercarme a ti debiera llegar hasta el infierno, pero acaso no lo vivo ya cada día lejos de ti. Las otras mujeres se ponen nerviosas, se aprietan los pañuelos de la cabeza, se ajustan las medias, miran impacientes fuera del camión. No me creerás, esposo mío, pero yo no tengo miedo. Cada día me levanto inmortal, renazco bajo la brillante mirada de la mañana y cuando llega el crepúsculo inevitable sé que naceré de nuevo el próximo amanecer. Nunca he tenido miedo. De niña mi madre, que siempre andaba contándome los pasos me decía: «Andas siempre subida a los árboles, vadeando los arroyos. Azuzando a los perros solo puedes llevarte mordidas». Yo ya sabía que era inmortal.

Un avión pasa muy cerca e instintivamente todas las mujeres se agachan debajo del toldo del camión. El aire se llena de sabor a combustible y una ventisca sopla por unos segundos. Luego, las mujeres histéricas gritan y se aprietan unas contra otras. Miro fuera y observo la estela de humo blanco dibujada sobre nuestras cabezas. ¿Cómo puede volar algo tan pesado?

Cuando llegamos al frente, el cielo parece manchado de barro. Nos ponemos unas botas absurdas que nos están grandes y caminamos entre cráteres hasta una gran fosa larga. Allí, como hormigas, se mueve una multitud de hombres. Ninguno nos mira descaradamente, apartan los ojos cuando pasamos y nos sentimos amedrentadas por su respeto. No sabemos si nos respetan porque saben que somos viudas o por temor a desvelar a la muerte algún ansia de vivir. Un escalofrío me recorre la espalda. Me siento desnuda en medio de la indiferencia. El barro en la trinchera es parduzco y hace terrones grandes en la tierra. No sé cuánto caminamos, la angustia y el barro hacen lenta la marcha. La trinchera es ancha, en momentos sube y después desciende. No hay horizonte, la pared marrón traspasa nuestras cabezas. Pienso en ti y en los cuatro ángulos de esta cárcel lineal.

Pasamos ante una pequeña enfermería. El silencio se vicia con los leves gemidos de los heridos y el olor a muerte nos ensucia los ojos. Aceleramos el paso, el soldado que nos conduce hasta tu sección es un hombre viejo, muy viejo. Apenas parece una sombra debajo de una chaqueta elegante y un pantalón militar. En los labios lleva un cigarro humeante y en el hombro le cuelga un fusil oxidado. Pasamos junto al pequeño burdel y las mujeres «de mala vida» nos penetran con sus ojos de gata. Las observo por unos instantes y contemplo detrás de su mirada algo parecido al miedo, pero no es miedo. Es dolor, tal vez soledad.

Nunca he visto la guerra. Siempre ha sido un rumor. A veces escuchó por la noche los aviones que matan en otras partes. La gente habla de los que han caído, de las batallas perdidas. Las viudas caminan erguidas, los huérfanos no parecen más huérfanos que cuando sus padres eran tan solo soldados. No hay mucho que comer, pero antes tampoco lo hubo, y si lo hubo no teníamos cuartos para pagarlo. Entiendo que la guerra es esto: soledad y dolor. No una soledad o un dolor: una inmensa soledad, un terrible dolor.

En la última encrucijada he escuchado algo diferente. Voces alegres que viajaban por la trinchera. Las mujeres se han puesto a sonreír y yo me he puesto seria. ¿Cómo estarás? ¿Serás el mismo hombre? Qué tontería, nunca somos los mismos por demasiado tiempo. Cada día nos amolda hasta convertirnos en extraños ante el espejo. Veo los primeros rostros alegres, pero se me mezclan los ojos y las sonrisas y se me nubla la vista, noto el corazón acelerado, se me seca la boca, retengo la respiración. Te busco entre las caras. Esa no. Esa tampoco. Un espacio vacío completamente oscuro, de repente un resplandor y dos soles que lo iluminan todo. Mueves los labios, llamándome. Las mujeres se abalanzan sobre sus hombres, pero tú y yo nos quedamos quietos, observándonos desde lejos, reconociéndonos. No sé quién da el primer paso, solo recuerdo un abrazo y dos cuerpos que se funden de nuevo en uno.

Nos separamos del resto del grupo en silencio. Yo quiero salir de la trinchera, pero está anocheciendo, y me dices que cuando oscurece nadie puede abandonar la seguridad del agujero. Caminamos hacia una parte oculta. Entonces me besas, siento un escalofrío y ya no pienso.

Unas horas, una corta noche y volveremos a separarnos. No dormimos. Primero me tientas con tus manos, me oprimes con tu cuerpo caliente y allí, en medio de la muerte, de la guerra, del odio, en el hospicio de la esperanza, hacemos el amor como dos chiquillos, a escondidas, con urgencia.

No paras de hablar. Me inundas con tus palabras, me preguntas por todos y yo escondo las noticias duras, el hambre que estamos pasando, la indiferencia de mis hermanas, la mirada ausente de mi madre y la soledad que invade mi ajetreado día. Te ríes, cómo te ríes, como si te fuera la vida en ello. Veo tus dientes brillantes a la luz de las estrellas y por unas horas las bombas dejan de caer y se hace el silencio. Entonces nos callamos, exprimimos la nada, escuchamos los minúsculos murmullos de la noche y contemplamos la inmensa bóveda celeste. Tu mano aprieta la mía, pero la soledad sigue atenazándome. En ese instante, lo sé, nunca más volveré a verte. Se me hace un nudo en la garganta y cruzo la cara para que las lágrimas no lleguen hasta tu pecho descubierto. Tú no eres inmortal. No sé cuántos días te levantarás, durante cuántas mañanas tus ojos grises colearán el cielo, pero un doloroso presagio me corta la respiración. Entonces comprendo que un día yo también tendré que morir y que será a la misma hora, en el mismo instante en el que tú dejes de respirar.

Capítulo 7

El país de las lágrimas

Qué hay entre una emisora de radio y otra? ¿Un vacío que espera, un camino de ondas que nos conduce en un salto mágico hasta otra isla de voces? ¿La infinitud de una tierra, de un país inexplorado?

En el hospital no quieres escuchar la radio. Tú que dormías con ella debajo de la almohada, siempre encendida en tus pensamientos; en la mezcla inevitable de sueños y voces. Ahora, cuando más sola te siento, prefieres navegar en el inexplorado país del silencio. No añoras la música, te son indiferentes los testimonios lunáticos de los oyentes, la verborrea mística de los locutores eclécticos y ramplones. Desconozco si los sonidos te molestan. Apenas hablas, intentas señalar las cosas, sustituir las palabras por los gestos. Tienes la lengua atada, arrastras las palabras y a veces te enfadas con nosotros. Me gustaría entenderte, comprender el lenguaje secreto que tu mente desgrana, pero tu lengua se niega a comunicar. Te esfuerzas, rompes la voz, cambias el tono, las sílabas salen atropelladas y lo que en tu cabeza conforma una palabra, en la punta de la lengua es apenas un gemido.

Cada día te alejas un poco más de nosotros. Te das la vuelta, de cara a la pared. En la habitación desnuda a la que te han trasladado, sin vecinas impertinentes o amables, guardas silencio. El sol penetra con soberbia por las persianas, te reta, te humilla y me dices que busque la penumbra. Tu viaje ha comenzado, me siento impotente al no poder acompañarte, aunque sea al umbral de ese país desolado, anegado de lágrimas frías, de torrentes de lamentos. Solo me queda seguir escuchando tu voz en mi mente, recomponer la vida de la abuela, de los miles de recuerdos transmitidos al fuego lento de los sentimientos. No te preocupes, ahora camino yo junto a ella.

Ya no queda mucho. Dos noches y dos largos días caminando con una niña en medio de un páramo de rostros rotos es demasiado hasta para mí. Esposo, ¿los muertos camináis? ¿Voláis? ¿Experimentáis la fatiga? Un pie y después el otro. No parece difícil. Un pie, después un segundo de equilibrio y antes del que primero se retire, el segundo soporta todo nuestro peso. En el fondo solo caminamos con una pierna. ¿Te has dado cuenta? Antes iba a todos sitios corriendo. Tú te reías. «*¿Ande vas con tanto apresuramiento?*», decían algunos mozos rezongueros apoyados en la baranda de la plaza. Tenía prisa. El tiempo se estrujaba cada día y yo tenía que desenvolverlo, desanudarlo y desmenuzar cada hora hasta convertirla en fragmentos diminutos. Ahora arrastro los pies. Llevo una plomada atada a cada uno, o tal vez sean los grilletes invisibles de una derrota, de muchas derrotas. Ya no hay guerra. Dicen que cuando se acaban las guerras la gente se alegra. Es mentira. Los falangistas reparten banderas, reparten bocadillos, barren dos o tres calles, arreglan las farolas de la plaza, dan el paseo a tres o cuatro vecinos para relajarse antes del desfile, ensayan los himnos, afinan los instrumentos y ordenan a la gente en filas. Entonces aparece un grupo de soldados. Algunos son moros. Su piel cetrina brilla por el sudor frío de sus cogotes y la gente siente temor al verlos, pero sonríen, agitan las banderas, gritan consignas, levantan la mano.

Me acuerdo de la última pantomima, del último desfile de requetés, con sus boinas rojas y su pelo rubio. Me pilló cerca de la plaza. Dos o tres vecinas ya me habían dicho que si no aparecía en los actos, los falangistas podían quitarme el Auxilio Social y mis niños morirían de hambre. Yo sonreí y no dije nada. Aquel día me despisté y me vi en medio de la marcha. Me paré e intente pasar desapercibida, agaché la cabeza, respiré hondo y esperé. Vi unas botas que se acercaban y se paraban enfrente de mí. Escuché una voz seca y fuerte. «Roja, levanta el brazo». Levanté la cabeza y le miré a los ojos. Él me sostuvo la mirada, ¿qué podía temer de una mujer? Entonces, no sé cómo, le dije: «No me sale de las narices levantar el brazo». El hombre me miró con los ojos abiertos, alargó el brazo y me cogió por la muñeca. Estiró de mi brazo y lo levantó, pero al soltarlo lo dejé caer de nuevo. Se puso furioso, repitió la operación una y otra vez hasta que, fuera de sí, se echó mano a la cartuchera. Farfulló algo y... un falangista le llamó. El hombre estiró mi brazo una vez más. Su amigo insistió y él me miró por última vez antes de soltarme y marcharse a toda prisa. La gente había hecho un corrillo alrededor. Me observaban con la cara desencajada. Pasé entre ellos, aceleré el paso y me dirigí a casa temblando.

No te enfades, esposo mío. Tú me enseñaste a creer en la fuerza de un corazón valiente. Nunca más de rodillas. ¿Te acuerdas? Nunca más amos y esclavos.

Cuando he visto pasar por el camino al grupo de falangistas he notado cómo la niña se me ha pegado a la piel. La gente ha hecho un pasillo y ellos, con sus largas botas negras, han aplastado la tierra a su paso. Sus camisas azules, con grandes cercos de sudor, han brillado en medio de los trapos harapientos de los caminantes. Jóvenes, atractivos, seductores, parecían ángeles de la muerte.

Durante unos minutos sus botas han roto el silencio monótono de las pisadas del resto de vagabundos. Cuando los creía lejos he respirado hondo. Fortaleza ha comenzado a sonreír otra vez, caminando unos pasos por delante. Entonces lo he visto: un falangista rezagado ha mirado a la niña y se ha inclinado para hablar con ella. Me he acercado corriendo con el corazón en un puño. El hombre me ha sonreído y por unos momentos he visto tu sonrisa en sus labios.

—No se asuste señora.

El falangista ha sacado una chocolatina de uno de sus bolsillos y se la ha dado a la niña. Ella la ha cogido deprisa, pero después me ha mirado y con el brazo estirado se la ha devuelto al hombre.

—Por favor, acepte este obsequio. Gracias a Dios no paso hambre, su hija es tan guapa, yo tengo un pimpollo de su edad. Cuento los días que me quedan para ir a verlo.

—No, gracias.

El hombre ha vuelto a sonreír. Ha torcido la boca como haces tú.

—¿Adónde van tan solas? Estos caminos no son muy seguros. Hay guerrilleros y ladrones, estafadores y todo tipo de calaña.

—No se preocupe por nosotras. Sus amigos le echarán de menos.

—Si pudiera facilitarles algún transporte. ¿Se dirigen a la ciudad?

Le he mirado sin contestar y él me ha seguido la mirada y ha comenzado a hablar de nuevo.

—Señora, no tenga miedo. La guerra ha terminado. España volverá a ser lo que un día fue. Su hija tendrá un buen futuro y podrá ser una muchacha linda y buena. ¿Verdad, pequeña? Ya hemos sufrido todos bastante. De nuevo un solo pueblo, libre y feliz.

—¿Feliz?

Las palabras se me han escapado de los labios. El hombre me ha observado unos segundos y sin cambiar su amable gesto me ha dicho.

—Perdió a su marido en la guerra, ¿verdad?

¿Qué le puedo responder, esposo mío? Sí, soy la mujer de un rojo, la viuda de un rojo. De nuevo, con mi imprudencia arriesgo la seguridad de los niños a perder también a su madre.

—¿Su marido era un rojo? Todos hemos perdido a seres queridos. Ahora debemos mirar hacia delante. Usted es joven y, si me lo permite, muy bella. Podrá dar un nuevo padre a sus hijos. Dentro de unos años todo esto parecerá una terrible pesadilla. Yo también tengo muchos fantasmas que me siguen cada noche hasta la cama. Algún día se cansarán y se marcharán al cielo o al infierno.

El falangista ha vuelto a acariciar el pelo rubio de la niña, y con un gesto firme ha parado un camión. Se ha acercado a la ventanilla y ordenado algo al conductor.

—Este buen hombre les llevará a la ciudad. Deben de estar agotadas. Espero que consiga lo que espera encontrar allí.

El hombre me ha mirado de nuevo y con un gesto militar se ha despedido. Yo, temblando, he subido a Fortaleza a la cabina del camión y torpemente he ascendido y cerrado la puerta.

—Menudo enchufe tiene usted, señora. Ni más ni menos que un teniente. ¿No ha visto los galones?

El camión ha tosido varias veces y a trompicones ha comenzado a avanzar. El aire en la cara es agradable. El polvo lo enturbia un poco, pero la velocidad me devuelve el ánimo. Fortaleza curiosea con sus ojos los mandos de la cabina, mientras el conductor sonriente toca el claxon pidiendo paso a los caminantes.

—Las carreteras están imposibles. En unos pocos kilómetros se me han pinchado dos veces las ruedas. Por lo menos ya no caen bombas. ¿Se dirige a la ciudad para buscar trabajo? Le aviso que no hay trabajo para nadie en la ciudad. Otros se van a Madrid. El gobierno seguro que empieza por allí la reconstrucción.

—¿Usted cree que con cuatro niños yo puedo sobrevivir en Madrid?

—Naturalmente, mucho mejor que en su pueblo. En los arrabales de la ciudad se han construido unas casitas para los que llegan. Por unas perras puedes vivir en una y trabajar en alguna buena casa.

—No lo veo, señor.

—¿Qué va a hacer en su pueblo? ¿Servir? Antes cogerán a alguna moza joven, sin hijos y sin obligaciones.

—¿Cómo se llama ese sitio?

—No tiene nombre. Es un campo grande, vacío. Algunos lo llaman el Pozo del Tío Raimundo. Algún Raimundo debió vivir por allí.

—Madrid— se me escapó en un suspiro.

—Madrid. Suena bien, ¿verdad?

Por un momento olvido lo que me había hecho emprender el camino desesperado hacia la capital de la provincia. Extrañada, imagino que después de todo habrá un futuro para nuestros hijos. Siempre quisimos ir a Madrid, ¿te acuerdas? Noto mis labios cediendo ante una leve sonrisa, la brisa me lame los ojos y el pelo recogido me pide escapar de su prisión. El hombre conecta un viejo aparato que descansa junto a su asiento. Es una radio aparatosa de caja. Sintoniza Radio Nacional y por el sucio altavoz se escucha la voz de la Piconera. La niña comienza a cantar. Me hubiera gustado atrapar ese segundo de felicidad. Entonces recuerdo las palabras del oficial falangista, pero enseguida me viene a la mente la cara del otro falangista, el de la plaza. Suspiro. «*¿Dónde está el enemigo? ¿A quién odiar?*». Me doy cuenta de que la guerra continúa dentro de mí. De que las bombas, los tiros y las humillaciones seguirán toda la vida al filo del acantilado de mi corazón, susurrando para que salte. Entonces escucho en mi mente el último parte de guerra: «En el día de hoy, cautivo y desarmado el Ejército Rojo, han alcanzado las tropas nacionales sus últimos objetivos militares. La guerra ha terminado». En ese momento me alegro. Es triste alegrarte de tus propias derrotas, pero imagino que nuestra derrota nos vuelve a reunir. Qué equivocada estoy. La radio me está anunciando que nunca más volveré a verte. La guerra te ha mantenido con vida. Inmortal, escondido en alguna trinchera, huyendo hacia alguna parte, en busca de algún refugio. En la paz ya no hay excusas que explican tu ausencia. La muerte es la única verdad que me trae la paz.

Capítulo 8

El maquis

El silencio se apodera de nuestras charlas interminables y el eco de tus palabras no deja que me sacuda el sopor de mis noches insomnes. Te observo por encima, compruebo si la respiración es rítmica, y cuando te creo dormida vago por el hospital en busca de más náufragos sonámbulos. Cuando me cruzo con dos ojos enrojecidos en medio de los pasillos en penumbra aparto la mirada y continúo mi camino interminable. Del pasillo lateral al pasillo principal, después hasta el vestíbulo de la planta; una vuelta alrededor de los ascensores y vuelta a empezar. Conozco al detalle cada recodo, cada sala, me cruzo con las enfermeras del turno de noche que corren de una habitación a otra, atraídas como luciérnagas por las luces rojas del pasillo. Los quejidos de los enfermos traspasan las habitaciones hasta convertirse en un coro, donde los lunáticos hacen de sopranos y sus compañeros de celda, de improvisados bajos. Algunos familiares conversan a media voz, compitiendo absurdamente en sufrimientos y dolores. Yo permanezco errática. Taciturna y medio dormida visualizo el rostro ennegrecido de mi abuelo en las sierras, con sus ojos azules relucientes en la luna de los perdedores.

«Un maqui», eso me dijeron. Es uno de ellos. De esos fantasmas que recorren las serranías. La mala conciencia de los ricos, la pesadilla del Cuerpo, el socaire de los pobres, de los parias. Eso me han referido, que tú caminas con los bandoleros, que te resistes a perder lo que nunca fue nuestro. La voz se ha corrido y las venas se me han llenado de aire, porque floto, imagino que vuelves escondido entre las sombras y me besas, y escapamos a Francia o Argentina y somos libres y ya no tengo miedo. Esas cosas se me pasan por la cabeza. Esas y otras muchas, peores y mejores. Ya no creo que estés en la sierra. A que ibas estar allí, robando una oveja, pidiendo rescate a un terrateniente o dando dos tiros a un falangista confiado. No te veo asaltando por las noches a los campesinos, gritando vivas a la República. No porque no tengas agallas, sino porque el alma no te da para arrinconar a los indefensos aunque sean demonios.

Me lo refirió la Sarmiento. «Tu hombre está en la sierra, lo vio un pariente tuyo. Un hermano de tu madre. El pastor viejo». Eso me explicó. Me temblaron las piernas y me faltó tiempo para correr a la iglesia y poner dos velas para que los santos te rondaran cerca. Los rumores se extendieron como el humo. La gente comenzó a mirarme con cierto temor y respeto. Los que no me saludaban, los que apartaban la vista o escupían cuando me cruzaba con ellos, decían: «Buenas tardes, buenos días». Evitaban mirarme, les daba miedo. ¿Te lo puedes creer? Miedo yo, que soy incapaz hacer daño a una mosca, que Dios no me dio la fuerza para golpear, sino para soportar los golpes de los demás.

«Tengo que saberlo», me dije. Una tarde, cuando todavía el sol prometía algo de luz, dejé a los niños con la vecina y fui a ver al hermano de mi madre. Esa noche la luna estrujaba su claridad sobre las retamas y las rocas se templaban calentándome los ánimos. Me sentía como don Quijote velando sus armas, con la expectación de descubrir lo extraordinario en lo ordinario. Cuando el suelo se enfrió apenas estaba a media hora de la choza del pastor viejo. La cuesta se hizo más cuesta y me tuve que aferrar a las ramas para poder ascender hasta la cumbre. Me arañé, y dos o tres veces caí de bruces, pero al final observé la extraña silueta que enfilaba la choza. No había estado allí desde niña, y el pastor ya era viejo. Tan viejo que muchas veces lo imaginé como la última sombra de un mundo ancestral. El pastor conocía el lenguaje secreto de los seres que habitaban aquellas sierras peladas. Sabía escuchar los rumores del viento y conocía el mecanismo que anima a la naturaleza que lo rodea. Apenas murmuraba palabras secas, sueltas, como frutos maduros, y convertía las conversaciones en golpes escupidos al aire. Yo le tenía miedo. Sus ojos hundidos centelleaban a través de los cortinajes de sus párpados arrugados. Su rala barba gris ocultaba mal su piel de viruela. Ahora, sin yo quererlo, querido esposo, el pastor viejo era el último clavo de tu ataúd.

El viejo pastor abrió la puerta y una luz oscura le dibujo el contorno. «Me esperaba», pensé. Me acerqué hasta él. Gruñó alguna letanía y pasó al fondo de la choza. Al entrar, el olor al tufo de la madera y los orines me revolvió las tripas, él se sonrió maliciosamente y se sentó sobre una piedra. Le imité y me mantuve en silencio mirando el fuego.

—Le he visto. Por eso vienes— dijo malamente el pastor viejo.

Asentí, él removió las brasas con su palo y las astillas se quejaron, las chispas comenzaron a bailar, sus ojos se perdieron y volvió a decir:

—Los vi... parecían fantasmas. Tres o cuatro. No quise mirar mucho. Él se me acercó. No le reconocí. Hola, pastor, me dijo. Me vio la cara y me nombró.

—¿Estás seguro de que era él? ¿Podría ser otro hombre parecido con su mismo nombre?

—No fue el nombre, fue la boca ladeada y los ojos. Los ojos.

—¿Seguro?

Un escalofrió me recorrió por los cuatro costados. El pastor viejo asintió y volvió a revolver las llamas.

—Sabía que venías— repitió.

Me levanté, apreté los brazos contra mi pecho y salí de la choza sin mediar palabra.

Algunos vecinos, que huelen el miedo y la preocupación, debieron verme aquella noche. Los rumores de que mi esposo estaba en el monte corrieron por todo el pueblo. Muchos pensaron que su mujer subía al monte para ver a su hombre. «La roja está buscando a su macho, como una loba en celo», pensaron. Algunas comadres zaherían llamándome mala madre a mis espaldas. «La muy zorra deja a sus polluelos porque está caliente», comentaban al que quería oír. Hasta los niños estaban avisados de que su padre merodeaba por las noches cerca del pueblo.

—Madre, ¿es verdad que padre anda por cerca del pueblo?— me preguntó un día Fortaleza.

—Cariño— dije—. Tu padre está vivo por alguna parte, pero si estuviera cerca vendría a vernos o mandaría a alguien para que lo supiéramos.

Fortaleza es muy niña para conocer que su padre está en alguna cuneta con las tripas reventadas y las cuencas de los ojos vacías. En mis entrañas sé que estás muerto. Algo ha dejado de latir aquí dentro. No eres hombre para caminar por el monte robando gallinas y pegando tiros a campesinos fascistas. Tu guerra ha terminado hace tiempo, tal vez desde que comenzó. Cuando en tus cartas dejaste de volar con esos ideales tuyos que tan mala fortuna nos han traído.

La maldad no se hizo esperar. No se conformaban con verme viuda, con cuatro bocas hambrientas, enlutada en mi juventud. Querían quitarme la piel a tiras. A muchos les hubiera gustado que me raparan el pelo al cero y que me apedrearan en la plaza del pueblo. Maldita ralea de cobardes, les recuerdo lo miserables que son con mi sola presencia. No soportan mi mirada cuando se me cruzan por el camino. Desvían los ojos turbios y miran a la nada, como si pudieran ver algo más allá de sus envilecidas pupilas.

Primero vino el cura, como mensajero de Satanás, que me hizo unos rezos, acarició los pelos rubios de los niños y se sentó en una de nuestras dos únicas sillas. Don Damián está tan gordo que por un momento temí que reventara el mimbre del asiento. Con la sotana sucia de polvo me extendió la mano, pero yo no hice ni ademán. Ya me he arrodillado bastante delante de los curas. Torció el gesto y se quitó el sombrero.

—Mujer, vengo a prevenirte de un gran peligro. Nuestro glorioso Movimiento Nacional ha ganado la guerra, pero los caminos siguen llenos de demonios rojos. España sabe perdonar a sus hijos descarriados. Tu marido era un... agitador. Ahora es un fugitivo de la justicia. ¿Me entiendes?

Me miró con sus ojos grises y noté que podía leerme la mente con sus malas artes.

—No sé dónde está mi marido, si eso es lo que ha venido a preguntarme. Si lo supiera, tampoco se lo diría a usted, pero si vaga por esos montes robándole el sueño a gente como usted, espero que dure lo suficiente para dejar su cabeza seca y sembrada de pesadillas. Ahora tendrá dos razones para no poder dormir por las noches. Su complicidad con los asesinos y el miedo a que mi hombre aparezca en mitad de la noche y le corte el cuello.

—¡Hija del Diablo! ¿Cómo te atreves a hablar así a un sacerdote? He venido para ayudarte, para que a esos piojos les quede al menos una madre para sobrevivir.

El cura se levantó de la silla y se me acercó tanto que creí que me iba a pegar. Me temblaban las piernas. Pensé que si tú estuvieras aquí ese cura gordo y sudoroso no se habría atrevido ni a cruzar la puerta. Concentré mi miedo en la mirada, intentando convertirlo en furia. Don Damián gritaba y los niños se acercaron asustados a mí y se agarraron de mis faldas.

—Será mejor que vaya a gritar a sus feligreses, esa banda de asesinos y ladrones. Tan hijos de Satanás como usted.

El cura levantó la mano y yo me agaché. Le empujé, puse a los niños detrás y lancé una patada justo debajo de su gran panza. Al parecer, lo poco que tenía de hombre le valió para que se revolcara de dolor en el suelo por mi puntapié. Después de unos segundos se levantó y se marchó maldiciendo. Me temblaba todo el cuerpo, comencé a sentir náuseas y corrí hasta el corral para vomitar. ¿Qué había hecho? Pegar a un cura era lo mismo que firmar una sentencia de muerte.

Esperé impaciente el paso de los días. Sabía, querido marido, que en cualquier momento aparecería la Guardia Civil o una muchedumbre de beatos que me llevarían a rastras hasta la puerta de la iglesia. No vino nadie. Tampoco yo salí de la casa. Me apañé con un poco de harina, los huevos de las gallinas y las tres o cuatro cosas que nos servían para mal comer. Pensaba que si los días corrían, engañaría de nuevo al destino y nadie vendría a arrancarme de mis hijos.

Una mañana muy temprano, escuché la puerta. Después una voz seca gritó la frase que esperaba oír desde que corrió por el pueblo que andabas en el monte.

—¡Abran paso a la Guardia Civil!

Antes de que lograra entornar la puerta, la estamparon de un empujón contra la pared. Los niños comenzaron a llorar. La poca luz que penetraba por la calle convertía en dos sombras siniestras a la pareja. Sus botas relucían y los botones de las guerreras brillaban como los ojos de los murciélagos.

—Roja, te vienes con nosotros. Ponte algo decente. Pero mira que sois putas.

Me abracé al chal que me había puesto sobre el camisón y arrastré a los niños hasta el fondo de la habitación. Intenté vestirme en la parte más oscura, pero percibía cómo los ojos de los dos hombres se clavaban en mi cuerpo.

—¿Con quién voy a dejar a mis hijos?

—A mí qué me importa, mujer. No tenemos todo el día.

—Fortaleza, busca a la vecina y dile que estaré fuera, que os eche un ojo. Hazle a tus hermanos algo para desayunar. ¿Has entendido?

Agarré la cabeza de la niña y la estreché contra mi pecho. Respiré hondo para ahogar las lágrimas que comenzaban a caer por mis mejillas. Me arrepentí de ser tan brava. Una madre no puede ser valiente.

—¡Vamos!— dijo uno de los hombres, tirando de mí.

Cada guardia me agarró de un brazo y medio en volandas me sacaron de la casa. Miré por unos segundos a los niños. Cuatro sombras que gemían solas en mitad de la oscuridad. Te maldije mil veces por hacerme mujer, madre y viuda.

Vuelvo a la habitación en penumbra y percibo tu cuerpo sobresaliendo de las sábanas. Una sombra desgastada y perezosa se refleja en la pared blanca. A través de las persianas contemplo la noche. Dentro de media hora el hospital se desperezará hasta que los gemidos nocturnos se transformen en el martilleo de los zuecos de las enfermeras, el chirriante y cansino bamboleo de los carritos y la noche se ocultará en los rincones más negros de la memoria, esperando a que regresen las sombras.

CAPÍTULO 9

Sueños desde la cárcel

En el coche ha sonado el móvil. Me sudaban las manos y casi se me ha escurrido el teléfono. He balbuceado unas palabras nerviosas. Mi hermana, con voz alegre, me ha comunicado que nuestra madre se encuentra mucho mejor. El último tratamiento ha comenzado a surtir efecto y está despierta. Sigue sin poder hablar, pero por lo menos ha comido algo y ha pedido que le lleven una silla de ruedas por la tarde para darse una vuelta. Cuando he subido de dos en dos las escaleras del hospital no he podido evitar que la ansiedad se mezclara con la fatiga. El olor a muerte me ha bautizado la nariz y, con paso acelerado, he recorrido el vestíbulo, los pasillos y me he plantado en el umbral de la puerta. Incorporada, mientras mi hermana le daba un yogurt, mi madre me ha observado por unos instantes. Sus pupilas grises me han reconocido y un escalofrío me ha recorrido la espalda. Con gestos ha señalado la silla y con la boca medio torcida ha sonreído. Las tres hemos sonreído. Después me ha mirado a la barriga y ha movido la cabeza. He sentido que me regañaba por estar allí en ese estado, con las piernas hinchadas, sin dormir. Entre las dos la hemos bajado de la cama. Su cuerpo delgado y frío ha caído como un peso muerto sobre la silla de ruedas mientras la apoyamos contra el respaldo. Al agacharme me he cruzado con sus ojos encendidos, como los de un niño la Noche de Reyes.

—¿Salimos a dar una vuelta?

La silla de ruedas ha comenzado a girar lentamente. Al cruzar el umbral ha suspirado. Por primera vez en meses atraviesa la puerta para algo más que para hacerse pruebas. Sus ojos casi ciegos no deben notar mucho la diferencia, pero la corriente del pasillo, las voces de las sombras que la saludan al pasar y el vestíbulo amplio e iluminado le han devuelto por unos instantes la libertad.

El camión nos ha dejado a las afueras de la ciudad. El hombre se ha disculpado muy amablemente, pero tenía que continuar ruta y seguir camino antes de que se hiciera de noche. Los camiones no pueden circular después del toque de queda. El gobierno quiere evitar el transporte de mercancías ilegales. Todo está racionado, pero la mayoría de los camioneros burlan las normas. Todos quieren hacer algo de negocio, sacar unas pesetas y poder llevarse un pellizco extra a casa. Hay pocos hombres disponibles y las cosechas se perdieron hace tiempo. Primero por los campos quemados y arrasados por unos y otros, después por la falta de manos, ahora por un cielo azul que se niega a bendecir a una tierra sembrada con sangre. Si lloviera, tal vez los muertos empezarían a brotar entre los terrones secos y tendrían que volver a matarlos sus verdugos.

El bochorno comienza a subir del suelo y Fortaleza y yo nos paramos debajo de un árbol para robarle un poco de sombra. Las hojas se mueven de vez en cuando y el sol me azota la cara. Una agradable sensación de fuerza se apodera de mi piel y su calor me vivifica. Un mal semblante me cruza la cabeza. Una luz al final del pasillo en penumbra. El camino de los calabozos a la oficina del cuartelillo. Cinco metros desde el infierno hasta las puertas de la casa del mismo Diablo. En la luz, paradójicamente, me espera la ensombrecida cara del sargento. Es como un mono peludo. Pelo en las orejas, pelo en el mentón hasta casi los ojos de una mal afeitada barba, pelo por la espalda escapándose de la guerrera desabotonada, pelo en el pecho blanco y gris, pelo cortado a cepillo en la cabeza.

—Aquí tenemos a la hembra del maquis. Espero que el agujero te haya ablandado un poco, te me traían muy brava.

Sus ojos pequeños, dos botones marrones de muñeca de trapo, me observan. Empiezo a sudar. Te cuento esto para que sufras, para que sepas que tus palabras ya no me protegen, para que cuando este diablo vuelva a casa, nada más asome al mundo de los muertos, le esperes para apalearle el alma.

—No responde. Claro, la señora no tiene tiempo para hablar con la autoridad. Está pensado en su macho. Si fuera por mí ya te habría dado el paseo, pero tus cuatro ratas pesan en la conciencia del cura y del comandante. Cuatro ratas más o menos en un país muerto de hambre. ¿Por qué no matarlos ahora que son pequeñas alimañas? Luego, cuando crezcan, vendrán a matarnos a nosotros. Pero el cura, don Damián, ya ves, él que es de falange, que tuvo que salir del pueblo para que no le quemaran con la sotana puesta. El muy santurrón ha dicho que no podemos pegarte tres balazos bien dados.

Al parecer el cura venía en son de paz y yo le despedí con una patada en sus partes. ¿No ves marido, que todos los curas no son malos? «Peste de sotanas», me decías, pero algo se les habrá pegado de Jesucristo. «El primer comunista», lo llamabas tú.

—Bueno, nos vas a decir dónde se esconde tu maridito. En qué puta cueva se oculta para robar por la noches a las gentes de bien.

El sargento me arrea dos tortas y comienzo a sangrar por la nariz. El sabor es dulzón y caliente. La cabeza me da vueltas. Intento arañarle pero el otro guardia me tiene cogida por los brazos, me hinca los dedos y casi me corta la circulación.

—¿Vas a hablar o tengo que coger a tus cuatro ratas y abrirlas en canal?

—No sé donde está mi marido.

Con el puño cerrado me golpea en el vientre y siento un calor insoportable que deja paso a un fuerte dolor que no me permite enderezarme. Intentó escapar de allí, pensar en ti, en los niños, en los días de tardes soleadas, cuando paseábamos hasta el río por la chopera. Intento recordar la última vez que tus ojos atravesaron el espejo de los míos.

—No hay nada que hacer con esta. Que se vaya a su casa, ya se cansará de verme todas las noches y cantará un día de estos. Los rojos siempre terminan por contarlo todo.

Uno de los guardias civiles me arrastra por el suelo empapado en sangre. Mis pies muertos chocan contra los escalones y después levantan el polvo de la calle. La gente me ve pasar y aparta la mirada, algunos me insultan y escupen. Otros solo suspiran, temerosos de hasta cuándo durará su suerte. El guardia civil se detiene en una de las fuentes y me deja mal apoyada. Me tambaleo sin fuerzas. El agua me refresca, las gotas caen por mi piel pringosa, como surcos de un arado purificador. El guardia civil me limpia la cara y los brazos, yo me dejo hacer medio muerta.

—Venga, mujer. Esto terminará antes o después.

La voz del hombre parece distante, me llega en medio del fuerte pitido que inunda mis oídos reventados. Lo miro entre el velo de agua que me cubre los ojos. Brilla en medio del sol.

—Ya sabe que yo cuido a sus niños por las noches, mientras está en el cuartelillo.

Lo contemplo embobada, confusa, perdida en un mar de inquietud. ¿Por qué no morimos cuando dejamos de tener esperanza? ¿Para qué tanto sufrir, penar y luchar? El hombre me levanta y en ese momento me asalta el pudor. Me preocupo de mi apariencia, más por los niños que por coquetería.

—¿Tiene un espejo?

El hombre saca del bolsillo un minúsculo espejo. Me enfoca la cara y me espanto al ver los labios amoratados, los ojos inflamados, los cardenales, las heridas. Me quedo fascinada sin llegar a reconocerme, como si en el cuartelillo hubieran conseguido arrebatarme algo más que mis facciones, robándome mi propia identidad. Los ojos morados expresan un espanto que creía ocultos en mi mente. Lanzo algunos mechones sobre la cara, aunque es imposible ocultar el destrozo.

Cuando llego a la casa los niños están despiertos barriendo el suelo de tierra, dando de comer a las gallinas, fregando las cacerolas y colocando los cuatro cacharros de la casa. Fortaleza los dirige como un profesor de escuela. Está alta. Si la vieras: tiene las piernas flacas, los brazos paludos, pero sigue con la cara redonda y esos ojos grises. Dicen que los niños de los rojos tienen todos caras de hambre, pero ella parece una princesa campesina. Su traje está viejo, pero muy limpio, con varios parches de telas de colores, los encajes medio caídos en las mangas y el borde de la falda, y dos lazos grandes, uno a cada lado. Con el pelo suelto y sin peinar parecen las espigas que crecen al lado de los caminos. Se levanta y agita con gracia, siguiendo el compás de una melodía lenta y suave. Ella se da cuenta. Los demás andan con sus chiquilladas, pero ella me mira y sin decir nada percibo la pena que arrastra.

El guardia civil se despide, pero antes reparte un poco de chocolate. Los niños hacen barrunta hasta la salida. Las horas del día marchan a toda velocidad. Cuando me quiero dar cuanta la luz se ha escapado por las ventanas de la casa y escucho el golpeteo de las botas de la pareja de la Guardia Civil. Un escalofrío me recorre todo el cuerpo. Los niños duermen plácidamente, ya se han acostumbrado al horror cotidiano. Cierro la puerta y los dos hombres me escoltan a un paso de distancia. Ya no hay forcejeos ni empujones, mis verdugos se han acostumbrado a mí, formamos una especie de compañía siniestra en medio de la anochecida, cumpliendo un macabro ritual que se inicia cada crepúsculo para terminar cada aurora. Tras caminar un poco nos acercamos al edificio de piedra y leo monótonamente la frase mal escrita en el quicio: «Todo por la patria». Agacho la cara avergonzada, pero no por entrar en el cuartelillo como una bandida, en mitad de la noche, como Cristo con sus carceleros. Lo que me avergüenza es sentirme sin patria, como una paria más que camina sobre una tierra que la rechaza cual madrastra insidiosa.

Al sentir el fresco de los lugares ocultos donde se practica el mal, me agarro el chal y procuro retener el calor, pero se me escapa junto con la calma. Me bajan hasta los calabozos. Primero he de pasar horas allí sola, a oscuras, esperando.

En medio de la vigilia disfruto de tu presencia. Entre rejas es cuando te siento verdaderamente presente, como si una cuerda transportadora comunicara tu sufrimiento con el mío, unidos en la tortura de sentirse libre, cubierto de cadenas. Respiro y el olor de la tierra húmeda me araña la garganta, los huesos se me humedecen y noto cómo los dedos se quedan rígidos. Muevo las manos. No las veo en mitad de la oscuridad, pero intuyo su forma alargada, las repaso con la mente y las imagino tocando las tuyas, fuertes y suaves. Mis manos se extienden en mitad de la oscuridad y la corriente me acaricia, imagino que es tu piel como vapor que se ha convertido en aire para atravesar los muros y rozar por unos momentos mis dedos. Escucho mi corazón que se acelera y se me escapa un suspiro que se agota al poco de escapar de mi boca. Entonces me envuelves con tus brazos que se han transformado en la oscuridad inquietante, hasta domarla y convertirla en adorada penumbra. Tu fantasma se condensa en uno de los lados de la celda, y percibo tu respiración. Cierro los ojos y te recuerdo. Nadie puede robarme ni un segundo esos recuerdos.

En las celdas aprendí a hablar contigo. Escapé del silencio de la separación y me decidí a lanzarme por el camino de la locura. Hablar con un muerto, con alguien que ya no tiene oídos ni ojos, o que si los tiene están sepultados por la tierra. En nuestros interminables diálogos tú permanecías mudo. No me hacen falta tus palabras para acompañar los grandes espacios vacíos que hay entre ellas, los puntos y seguidos son suficientes. No existe el silencio ni para un muerto. En mitad de la celda solitaria, los ruidos se agolpan en mis oídos y me llaman incesantemente. Una gota que se escapa de las paredes húmedas, la corriente que se entretiene en jugar con las llaves colgadas en el clavo, las ratas que bautizan el suelo con su rastro y que a ratos chillan, peleándose por alguna miga de pan. No hay silencio, por eso en las bocas cerradas de los muertos, a veces boca sin boca, las palabras cruzan sin dificultad la tierra que las envuelve, el mar que las corona, y si son ceniza se reúnen a la altura de las copas de los árboles y se juntan con los vientos, vagando por todos los rincones, rebotando en todas las esquinas del mundo.

A veces pasa un guardia civil y me encuentra murmurando. Algunos se ríen de la loca, otros me miran con lástima, porque les recuerdo a su madre, y me dan un poco de leche. Cuando llega el sargento, no sé a que hora será, me suben por las escaleras y me llevan hacia la luz. Una luz fría que ilumina un infierno.

Ahora, en medio del camino, con el sol taladrándome los párpados, mi cárcel parece distante, casi irreal. Fortaleza se ha quedado dormida a mi lado. ¿Qué recordará de todo este viaje dentro de unos años? Los días siguen devorando los calendarios. ¿Sabrá por qué llegamos tan lejos? ¿Conocerá el camino de regreso hasta su infancia? La vida es una carretera sin marcha atrás. A medida que avanzamos la nada lo cubre todo.

Despierto a Fortaleza con cuidado, poco a poco se despereza y se pone en pie. Miro a las primeras casas con desgana. Lo que se me hacía lo más difícil del camino, llegar hasta allí, ahora se me hace lo más fácil. ¿Cómo conseguiré que me reciba el gobernador? Una roja, una viuda, una mujer, una sombra más por esta tierra nuestra.

Comenzamos a caminar y el peso del camino de mis treinta y ocho años se me hace insoportable. Nos introducimos en la ciudad plana, primero por las casuchas improvisadas por los desplazados, después por las casas bajas, que parecen un pequeño pueblo que anilla a la ciudad. Dentro, las calles son rectas, no se ven casas caídas, yo me imaginaba montones de escombros de los bombardeos, pero la ciudad está intacta. En el centro la gente parece más animada y mejor vestida. Incluso se puede ver alguna mujer elegante, con su traje reluciente y dos niños de la mano de su institutriz. Las calles parecen laberintos y tengo la impresión de que algún ángel malicioso ha movido todo de lugar y que la ciudad en la que estoy no tiene nada que ver con el sitio donde viví y serví durante cuatro años.

Miro a Fortaleza, sucia y vencida por el cansancio. Pienso que todo el camino recorrido ha sido en vano, que en medio de la desesperación he andado hasta el agotamiento y he arrastrado a la niña conmigo. ¿Dónde estás, querido esposo?

Al regresar a la habitación y dejarte de nuevo en la cama he sentido como si te cortáramos las alas. Te has quedado quieta, tumbada en mitad del colchón hasta que te hemos colocado en tu sitio. Tumbada y cómoda sigues resoplando como si hubieras hecho un gran esfuerzo, el brillo de tus ojos vuelve a opacarse hasta perder la expresión. La celda de paredes blancas continúa en el mismo lugar. La sombra cuarteada por la persiana cae sobre ti, parecen rejas que te oprimen hasta aplastarte. De repente te ríes, y ya no sé si has vuelto de pronto, dibujando en las arrugas de tu cara tu verdadera expresión. La habitación se inunda con tus risas y las tres nos reímos como tontas. Nos reímos con desesperación, aferrándonos al último resquicio de felicidad que se nos escapa por la puerta e inunda por unos segundos todo el pasillo.

CAPÍTULO 10

La ciudad

La fila ocupaba varios kilómetros. Lo he visto por la tele. Todos querían estar en medio del dolor, pertenecer por unos momentos al gran cuerpo de la multitud, notar que no están solos, que las caras que les observan a cada paso forman las partículas invisibles de un todo. Las serpenteantes filas llenan las calles hasta convertirse en un inmenso monstruo de espanto que palpita alrededor del gran cilindro de ladrillos, que con su gigantesco ojo vacío mira al cielo. Por unos instantes, la inmensa estación se ha transformado en templo sagrado donde millones de personas rinden su último homenaje a las víctimas. Las aceras desgastadas y grises soportan el peso de la desolación y la masa avanza despacio, aletargada por el murmullo de millones de voces silenciosas. Me desperezo y busco algo en la nevera. Noto que dentro de mi vientre se mueve el bebé, me froto la barriga y pesadamente me vuelvo a sentar en el sillón. Miro el reloj y pienso qué estará haciendo mi madre en ese momento. ¿Estará terminando la cena insípida, luchando por tragar la gelatina y temiendo la llegada de la noche? ¿Tendrá las piernas nerviosas? Desde aquí puedo olfatear la crema con que las froto, y sentir su tacto pegajoso y palpar sus huesos desenfundados que parecen escapar de la piel. Sus piernas son como dos columnas de alabastro destruidas por el cáncer. El tratamiento ha comenzado a perder su efecto y ella regresa a su mutismo y escapa, quiero imaginar, hacia el Cielo del que tantas veces me ha hablado.

EL PAÍS DE LAS LÁGRIMAS

Me siento y la calle me da más miedo que los caminos solitarios y el campo abierto. Pregunto por el palacio del gobernador y, de mala gana, algunos se detienen y me indican la dirección, pero no les entiendo. Les vuelvo a enseñar el papel pequeño y medio roto, pero no comprendo sus explicaciones. Mi cabeza no hace más que dar vueltas y me siento paralizada por el miedo. A mi lado, Fortaleza no se da cuenta de que la he arrastrado hasta lo más profundo de un pozo del que no sé salir. Qué falta me haces, amor. Sin ti me siento perdida en el mundo. Todas las barreras que me protegían se han hundido, ni siquiera tu fantasma parece acompañarme. ¿Ahora qué puedo hacer? Si regreso al pueblo la Guardia Civil me castigará por no acudir al cuartelillo durante dos noches seguidas, pero no puedo quedarme aquí. ¿Quién cuidará de los otros niños? Además, seguramente la Guardia Civil se tomará la molestia de venir a buscarme. La cabeza me va a estallar, todo me da vueltas.

—¿Se encuentra bien, señora?

Un desconocido se acerca a mí. No me he dado cuenta de que me caía hasta que he estado en el suelo. Nadie me ha hecho mucho caso, pero Fortaleza ha comenzado a llorar y un joven me ha socorrido. Al rato, dos o tres hombres se han acercado y entre todos me han sentado en las escaleras de un portal.

—Con este calor y lo poco que hay de comer… pobre mujer.

Los hombres discuten qué hacer. Uno de ellos se mantiene callado y noto su mirada a pesar de seguir aturdida.

—Señora, yo la conozco.

Un escalofrío me recorre por toda la espalda. Estoy chorreando de sudor. ¿Me habrá reconocido aquel hombre? En una ciudad tan grande he ido a dar con alguien que me va a denunciar ante las autoridades. Por fin me despierto de mi estúpido sueño y me doy cuenta de que estoy perdida. La poca suerte que me quedaba la he arrojado al barro. Me llevarán a la cárcel y a mis hijos los repartirán por algún orfanato.

—Soy Marcos. ¿No se acuerda de mí?

Lo miro atónita, apenas escucho sus palabras. Uno de los hombres empieza a abanicarme con un periódico.

—Hay que traerle un poco de agua.

Uno de los hombres sube a una de las viviendas y baja al momento con un vaso de agua. Empiezan a salpicarme con pequeñas gotas sobre la cara. El frescor no logra reanimarme. La cabeza se me va y comienzo a recordar el día en que salí a buscarte. Todos decían que estabas vivo. Muchos comentaban que te habían visto. Necesitaba despedirme de ti, que cruzáramos una mirada por última vez, para extirparte de mis pensamientos y cargar sola con nuestros cuatro hijos el resto de mi vida. No había dormido nada. Desde el cuartelillo caminé hasta la sierra y comencé a vagar sin rumbo. Apenas me crucé con nadie en el campo. Había una fuerza que me movía. Mis pies caminaban solos. No sentía los golpes de mis carceleros, mis tripas secas no cargaban ni con un mendrugo de pan, pero anduve a buen paso durante toda la mañana y toda la tarde. El sol me azotó durante todo el camino. Su luz me cegaba, como si intentara esconderte bajo sus rayos. Cuando el cielo comenzó a arder y transformó el campo en una inmensa hoguera roja, decidí regresar. Los niños llevaban solos todo el día. Entonces, a lo lejos, vi a dos o tres hombres que caminaban deprisa. Cargaban unos fusiles y vestían como soldados. Uno de ellos se detuvo y me miró. Su cara tenía los rasgos borrados por la distancia. No sabría decir si era moreno o rubio, ni su estatura o corpulencia, pero reconocí en él tus gestos. La forma de levantar la mano, de batirla, de darse la vuelta. ¿Eras tú? ¿Te preguntaste tú lo mismo mientras te alejabas? Intenté correr hacia vosotros, pero cuanto más corría más lejos estabais. Grité, pero las palabras rebotaron por la sierra sin respuesta. Exhausta, me tendí en el suelo. No sé cuanto tiempo permanecí tendida, pero cuando desperté ya era noche cerrada. Bajé corriendo hasta el pueblo y llegué justo cuando los guardias civiles venían a buscarme.

—¿Se encuentra mejor? ¿Me reconoce ahora?

Los ojos comienzan a reflejar de nuevo la luz del portal y por fin reconozco al hombre que me habla, con su cara casi pegada a la mía.

—Marcos, Marquitos… ¿eres tú? Cuánto has cambiado. Cuando te dejé, apenas era un mozo.

—¿Qué le ha pasado? ¿Cómo se encuentra tirada en la calle?

—La vida.

—¿Necesita algo? No es que tengamos mucho, pero mi madre no dudará en echarle una mano.

Sentí un nudo en la garganta y apreté los ojos para retener las lágrimas que se empezaban a escurrir por la cara. Marcos me levantó y tomó a Fortaleza en brazos. El resto de personas se despidieron y nos dirigimos calle abajo.

—¿Para qué ha venido a la ciudad?

—Tengo que arreglar un asunto, necesito ver al gobernador civil. Aunque no creo que esté dispuesto a recibir a una mujer como yo.

—¿Por qué no va a recibirla?

—Sería largo de explicar. Esta guerra ha cambiado muchas cosas.

—Pero otras siguen igual. Las personas no cambian con las guerras. La que escupe hiel es que ya la tenía dentro antes de su desgracia.

—¿Tú crees?

—Aún recuerdo cómo me cuidaba. Sabe que para mí es como una madre.

—Qué cosas tienes.

—Dígame lo que precisa, que ya andaremos para ver si podemos hacer algo por usted.

—Ver al gobernador.

—Pues si quiere ver al gobernador, no hace falta que me explique más. Conozco a alguien que puede conseguirnos una audiencia. Pero antes dejemos a Fortaleza en mi casa. Seguro que no le importa tomar un poco de leche y una gachas. ¿Verdad?

A la niña se le iluminó la mirada. Caminamos una media hora hasta uno de los barrios residenciales. Cuando enfilamos por la calle donde estaba la casa de Marcos, los recuerdos se me amontonaron en la memoria. Nunca me sentí sirvienta de su familia. Me trataban como a uno más. Nos encaminamos por la avenida y de lejos contemplé los dos viejos nogales y la verja medio oxidada. Al llegar a la puerta pequeña vi el sendero que se perdía entre las plantas que rodeaban la casa. Las malas hierbas crecían por todos sitios y había que apartar las ramas con las manos para llegar hasta la imponente fachada. La casa parecía famélica, desnutrida, pero de la puerta acristalada se escapaban los colores brillantes de la tarde. Antes de que llamásemos salió a recibirnos Martín, el viejo criado que parecía un fantasma con su piel apergaminada y sus ojos rojos de párpados caídos. Al verme me sonrió, como si acabara de recordar quién era.

—Buenas tardes. La veo igual que la mañana que partió con su maleta de cartón atada con una cuerda.

—No sea adulador. Soy mucho más vieja y la vida no me ha dado descanso en estos años. Tengo cuatro hijos y estoy sola para cuidarlos.

Cuando había terminado de hablar me arrepentí de mis palabras, querido esposo. ¿Qué pensaría aquella gente de la viuda de un rojo? ¿Me echarían a la calle a patadas?

—Ya veo una de tus flores. ¿Por qué no vienes, niña, a por un vaso de leche?— preguntó.

Cogió a Fortaleza de la mano y la niña lo siguió sin rechistar, hipnotizada por el recuerdo del sabor de la leche. Marcos me llevó hasta el salón e insistió en que me sentara en uno de los vetustos sillones, pero yo me negué a hacerlo. Al final me dejó por imposible y subió para avisar a su madre. Mientras esperaba contemplé la sala en penumbra y con olor a cerrado. Los muebles principales seguían en el mismo lugar, pero echaba en falta las alfombras persas, los jarrones de porcelana, el reloj de pie y algunos de los adornos más valiosos. La guerra había extendido su sombra por la casa de mis antiguos señores.

—Buenas tardes.

La voz me sobresaltó. Me di la vuelta y allí estaba doña Asunción, con su cara regordeta desinflada por el hambre y la edad. Su gran moño era ahora completamente gris y las arrugas habían achicado sus ojos, aunque la sonrisa seguía siendo la misma.

—¿Echas de menos algo?

Entró en la sala y se acercó a uno de los grandes aparadores. Pasó la mano sobre la madera oscura como si acariciara una de sus invisibles pertenencias y se dio la vuelta. Su traje negro flotó por unos momentos y descubrió sus tobillos hinchados, con un ramillete de venas verdes.

—Las cosas se pueden remplazar.

Mientras hablaba tenía la mirada perdida. Su voz era neutra, como si me contara algo que le hubiera sucedido a otra persona.

—Se llamaban comisarios del pueblo. Eran unos obreros o delincuentes, qué sé yo. Cogieron todo lo que pudieron transportar con las manos. Preguntaron por los hombres de la casa. Gracias a Dios, Marcos estaba estudiando en Sevilla. Allí, casi desde el primer momento, el general Queipo de Llanos mantuvo el control. Mi querido esposo, Marcial, sí estaba en casa. Al parecer era el peor pecado del mundo trabajar de notario. Él que nunca se había metido en política, que tenía un corazón de oro, ¿cuántas veces había sacado a gente de la ruina? Lo cogieron entre dos y se lo llevaron. Cuando fuimos a la comisaría nadie sabía nada de él. Por allí no había pasado. A los pocos días apareció muerto con un tiro en la cabeza.

—Lo siento.

—No hace falta que me lo digas con palabras. Tu mirada refleja el mismo vacío que la mía, sé por qué estás aquí. Dios te ha puesto de nuevo en mi camino, si no para salvar a tu marido, por lo menos para salvarte a ti.

—¿Cómo lo sabe?

—¿Por qué iba a dejar una mujer a sus hijos y atravesar media provincia? Tienes la mirada seca, cansada. Somos hermanas, las dos hemos sufrido la pérdida de nuestros maridos.

—Me siento como si en mitad de una gran soledad la vida me diera un nuevo rayo de esperanza.

—Pues atrápalo. A mí me quedó Marcos. Tú tienes unos hijos que criar.

—Pero, ¿cómo podré criarlos? Si usted supiera…

—¿Qué? ¿Que eres viuda de un rojo? ¿Que tu marido era de los que daba el paseo a hombres como el mío? ¿Quieres que escupa mi odio sobre ti? ¿Que añada más mal al mal, más odio al odio? No seré yo quien reclame venganza. Me robaron su vida. La vida de un hombre bueno, pero su memoria siempre estará presente en cada acto de mi vida. Dios tiene la última palabra, suya es la justicia. A tu hombre le tocó estar en el lado de los perdedores. Si no hubiese sido así, a lo mejor yo estaría suplicándote a ti por la vida de mi hijo.

—Pero, señora…

—Esta noche la pasáis con nosotros. Marcos ha salido para hablar con un hombre que te llevará mañana al despacho del gobernador.

La miré espantada. Doña Asunción me había dado mucho más que un salvoconducto, más que la llave para abrir puertas a la esperanza, con sus palabras me había extirpado la mala sangre. Succionado el veneno que en los últimos años había enturbiado mis días. La vida tenía que continuar, como esa mala hierba que crecía en su jardín, desordenada e inmoderada. Romper con sus raíces la tierra seca hasta que su frondosidad la protegiera de los años sin lluvia, de los ríos secos y de los hombres sin alma. Aquella noche, sobre un jergón caliente, piel con piel con mi hija, comencé a reconstruir las tapias derrumbadas de mi vida. Estaba decida a luchar con más fuerzas que nunca.

Desde que las bombas descarrilaron los trenes nunca he pasado por la estación. La mayor parte de los viajeros caminan indiferente delante de los centenares de velas, notas y flores que rodean la gran bóveda. Miro de reojo el altar a las víctimas e instintivamente me toco la barriga pesada. Normalmente voy en coche al hospital, pero en los últimos meses la barriga ha empezado a molestarme al volante, por eso he cogido dos trenes y he atravesado la ciudad para ir a ver a mi madre. Ya no puedo quedarme toda la noche junto a ella, pero me gusta permanecer varias horas en el silencio oscuro de la habitación, como si me aferrara a los restos de mi pasado. Su cuerpo, vuelto hacia la pared, apenas es una sombra brillante. Ella permanece indiferente a las visitas, a los enfermeros y los médicos. Da la sensación de que su cuerpo cansado ha dejado de luchar.

Capítulo 11

El señor gobernador

Acabo de dormirme. El pitido chirriante del móvil me quema el tímpano y me despierto con el corazón en la boca. La barriga se mueve bruscamente y siento a mi bebe despertarse sobresaltado y comenzar a dar patadas y moverse inquieto. Cuando logro atinar con el botón y escucho la voz al otro lado, se me corta la respiración. Los latidos de mi corazón retumban en mi sien. Noto que me falta el aire y me siento en la cama. Después, me visto deprisa con una muda que lleva más de una semana esperando la noticia. Todo empezó el lunes pasado. La enfermedad parecía estable dentro de la gravedad. Hacia días que la alimentaban por sonda y estaba completamente sedada. Los médicos insistían en que habláramos con ella, que la saludáramos al llegar y que la hiciéramos sentir que estábamos cerca. Las horas apenas se movían en el reloj. En los últimos días varios familiares pasaron mucho tiempo junto a nosotras, guardando silencio ante la desesperación y el dolor. Una de las mañanas en las que yo estaba en el hospital, la doctora de medicina interna me comunicó que la situación se había complicado y que era cuestión de horas que mi madre muriera. Lo mejor era que avisara a mis hermanas y que pasásemos juntas lo que parecían los últimos momentos de una vida que se consumía. Por la tarde mis hermanas ya estaban en la ciudad. Cuando llegó la noche, un doctor nos explicó que la agonía podía extenderse a las próximas veinticuatro o incluso cuarenta y ocho horas. Decimos dividirnos en dos turnos. Una de mis hermanas se quedaría conmigo aquella noche y las otras dos nos remplazarían las siguientes doce horas. A media noche nos quedamos mi hermana y yo solas. Al ruido sibilino de las máquinas y el goteo de los medicamentos se unió el que parecía el más horrible de los suspiros. Mi madre, medio ahogada, respiraba cada vez más fuerte. Sus pulmones no estaban enterados de lo inútil de la lucha, pero decidieron seguir moviendo su viejo corazón hasta que todo su cuerpo se colapsara. Su respiración rompía las paredes de la habitación y atravesaba el pasillo hasta el sillón donde intentábamos pasar las horas charlando de mil cosas. De vez en cuando entrábamos en la habitación y contemplábamos por unos segundos su cara desencajada e inexpresiva. El esfuerzo de la respiración le hacía erguir todo el cuerpo en una convulsión y relajarse de repente, hundida en las súbitas olas de su sueño artificial. Por unos segundos, a veces durante un minuto, se hacía el silencio y nosotras aguantábamos también la respiración, hasta que la desesperada inspiración volvía a revivir el maltrecho cuerpo. Entonces nuestros ojos se cruzaban con horror. Intentábamos simular una normalidad infantil. Que las palabras taparan, por lo menos en parte, los sentimientos que luchaban por aflorar, por explotar en mitad de aquella noche interminable.

La noche se convirtió en día. A Marcos le costó mucho convencer a su amigo para que hablara con el secretario del gobernador y nos concediera una audiencia. En las últimas semanas el trabajo del gobernador civil se veía desbordado por soldados que venían del frente, mujeres que pedían la pensión de viudedad o niños que tenían que ser recogidos en orfanatos públicos. Según me contaba Marcos, los falangistas y la iglesia se peleaban por hacerse cargo de los servicios de Auxilio Social. Nadie obedecía a la policía y muchos agentes estaban siendo depurados y expulsados del cuerpo. Los robos se sucedían en los almacenes donde se guardaba la comida requisada, y cada día se encontraba a gente que había muerto de hambre por toda la ciudad. Una situación anárquica que traía al nuevo gobierno de cabeza. Tras mucho insistir, Marcos logró que pudiera ver cinco minutos al gobernador. Mi antigua señora me regaló un vestido nuevo, y también unas alpargatas para Fortaleza. Recorrimos a pie la ciudad y llegamos ante el edificio del gobierno civil. La fachada imponente contrastaba con la multitud de desarrapados que esperaban en largas filas para ser atendidos por algún funcionario. Las escaleras de la entrada estaban cubiertas por decenas de personas sentadas. Mujeres, niños y ancianos se amontonaban como fardos viejos. La policía apenas conseguía que se respetara un pequeño pasillo por donde los funcionarios y los señores subían y bajaban fulminando con la mirada a la gente desarrapada de la entrada. Me sentí confundida, yo pertenecía al grupo de los miserables que tenían que esperar días, si no semanas, para que un funcionario les obligara a volver a empezar sus gestiones por la falta de un sello o un formulario que la mayoría de ellos no sabía ni leer. En cambio, en mitad de la multitud, un policía nos abría el paso como Moisés abrió el Mar Rojo. Flanqueamos la entrada, y siguiendo al policía subimos por unas escaleras atestadas de cajas con papeles y carpetas de colores oscuros. Los archivadores ocupaban los pasillos y en corillos los funcionarios fumaban un cigarro, charlando sobre cualquier cosa. En la primera planta, las alfombras caras estaban carcomidas por las pisadas de todos aquellos hombres trajeados, algunos gordos. Ya ves, gordos en esta España de hambre. A mar revuelto ganancia de pescadores. Mientras seguía al policía pensaba en ti. En la revolución que me habías prometido. En el país que no iba a conocer ni la madre que lo parió. En lo que le iba a suceder a los hijos de puta que siempre habían mandado. Esa mañana yo tenía que pedir a uno de ellos que me dejaran de castigar por haber perdido una guerra que no empecé, que ni si quiera deseaba.

El policía se detuvo frente a una puerta. Una secretaria, creo que la única mujer que había visto en el edificio, nos miró de arriba abajo y dijo que nos sentáramos a esperar. Marcos, la niña y yo nos sentamos en silencio. Los cuadros del palacete aparecían renegridos por el polvo, las cortinas de terciopelo, comido el color, creaban una atmósfera de vetusta pobreza. La puerta doble del despacho, que debía haber sido blanca, rebordeada por un dorado viejo, se veía grisácea. Escuchamos unas voces y dos hombres trajeados salieron vociferando. El mayor le dio unas palmadas en la espalda al delgado y este se marchó sonriente, mientras nos miraba con cierta curiosidad.

—Señor gobernador, ¿les digo que pasen?

El anciano borró la sonrisa y nos llamó con un gesto. Marcos hizo ademán de levantarse, pero con voz seca el gobernado dijo:

—Solo la mujer.

Me levanté. Las piernas me temblaban y me entraron unas ganas tremendas de orinar. Con pasos cortos y la cabeza agachada entré tras el gobernador y cerré la puerta. El anciano se sentó detrás de un gran escritorio de madera oscura. En uno de los lados una gran cruz sujetaba varios documentos. Sus ojos me observaron y me invitó a sentarme.

—Pues usted dirá. Tenemos la ciudad patas arriba, pero varios amigos me han insistido en que la viera. ¿Cree que es la única mujer en la provincia que tiene problemas? ¿Ha observado toda la gente que hay fuera, esperando para ser atendida? Todos necesitan verme. Cada mañana aparecen uno o dos muertos, confundidos entre la multitud, mueren de hambre o sabe Dios de qué enfermedades. Pero su caso debe ser más importante. ¿No es así?

Me quedé muda, con los ojos clavados en el suelo de madera.

—No tengo tiempo que perder. ¿Va a hablar o qué?

—Señor gobernador...

—No la oigo. Hable más alto mujer, que no me como a nadie.

—Señor gobernador. No sé si mi caso es más importante que el de toda esa gente. Hace cuatro días salí de mi pueblo con uno de mis cuatro hijos. Estaba determinada a llegar hasta aquí y suplicarle que me recibiera. Mientras caminaba, alejada de mi pueblo, de mis problemas, de la horrible injusticia que estaba sufriendo, me encontré con otros muchos que andaban sin rumbo. Muertos vivientes que esperaban descansar por fin en una cuneta. Mujeres secas que no encontraban a sus hijos muertos en mil batallas. Cada día percibía que mi sufrimiento, comparado con el de todos ellos, era apenas un leve dolor. Marchaba y me llenaba de argumentos, imaginaba cómo pasaría todo, que diría. Ahora que me encuentro ante usted, y no sé como he llegado hasta aquí. Lo único que entiendo es que las buenas acciones que uno hace en su vida, al final, a la vuelta del tiempo, regresan para librarnos de la desesperación. Que un niño criado con amor puede encontrarte hasta en el infierno y escoltarte hasta el cielo. Pero al mismo tiempo pienso que todos los que yacen en las escaleras de este edificio también debieron hacer cosas buenas, que su justicia no será menor que la mía, que como yo son pecadores. Entonces, ¿por qué soy yo la que está aquí sentada y no uno de ellos? Soy viuda. ¿Cuántas viudas esperan a las puertas? Tengo cuatro hijos. ¿Cuántos huérfanos de padre y madre ha dejado esta guerra?

—La entiendo. Es difícil saber por qué las cosas son como son.

—Eso creía yo. Ese pensaba cuando emprendí este camino. Me sentía sola, abandonada, llena de odio. Creía que nadie podía entender mi dolor, que nadie sufría como yo.

—Cada uno ha de llevar su cruz.

—Es triste ver a todo un país consumido por la tristeza.

—Sí.

—Hemos convertido todo en ceniza.

—La guerra lo destruye todo— dijo el gobernador.

—Este es el país de las lágrimas. Ya no hay sitio para otro caudal, los ríos con su cauce seco se han escondido debajo de la tierra. Lágrimas, le traigo, las lágrimas de un pueblo que muere desesperado. Ya sé por qué estoy aquí, señor gobernador. Yo les represento a todos ellos. A los que nunca llegarán hasta este despacho, a los que pierden todas las guerras, estén en el bando en el que estén. Me he convertido en su portavoz, ellos me han elegido. Mi marido era uno de ellos también. Se metió en la guerra como todos nosotros, quería que las cosas mejoraran para sus hijos. No tener que pensar cada mañana si comerían o no por la noche. Ver el producto de su duro trabajo, que su mujer tuviese dinero para comprarse un vestido o poner unas flores en un jarrón viejo y oxidado. Quería poder votar y que nadie fuera más que nadie. Que sus hijos pudieran ser ministros, mineros, albañiles, lo que ellos mismos eligieran. Ahora sus hijos no tienen nada que comer, y su esposa sufre el desprecio de los que la consideran poco menos que un animal.

—Entiendo.

Por unos momentos el rostro del gobernador se nubló. Parecía pensativo, con la mirada perdida y el mentón levantado. Pensé que tal vez no me escuchaba, que en esos momentos estaba tratando con sus propios sentimientos. La guerra nos había anulado a todos. Éramos menos humanos. No importaba lo inocentes que pudiéramos considerarnos, sentíamos que teníamos las manos manchadas de sangre.

—Señor gobernador, solo tengo una petición que hacerle.

El hombre dirigió su mirada hacia mí, echó el cuerpo hacia delante y apoyó la cara en las manos. Respiré hondo antes de continuar. No sabía si el gobernador había perdido algún informe sobre mí, cuál sería su reacción cuando empezara a hablar mal de hombres puestos a sus órdenes. Al fin y al cabo, yo era una roja, una de esas ratas que el régimen fascista quería exterminar. Examiné su rostro. Me observaba con curiosidad, como si se preguntara de dónde había salido.

—Hace unos meses, uno de los vecinos de mi pueblo propagó la noticia de que había visto a mi marido entre los guerrilleros que siguen haciendo la guerra por la sierra.

—¿Su marido está muerto o ha sido dado por desaparecido?

—Las últimas noticias que tengo de él es que estaba herido grave y se dirigía con su compañía al norte. Desde entonces no he recibido ninguna carta y no sé si se encuentra con vida.

—Su marido ha sido dado por desaparecido. Hay miles de rojos que han sido dados por desaparecidos. Se cree que dos o tres millones pueden estar en Francia, algunos han huido hasta América. En ese caso no puedo ayudarle.

—Lo entiendo, no le pido que busque a mi esposo.

—¿Entonces?

—En los últimos meses he sufrido prisión.

—¿Prisión?

—Una pareja de guardias civiles me lleva todas las tardes al cuartelillo para interrogarme. Tengo cuatro niños pequeños que se quedan solos toda la noche.

—Pero, ¿por qué motivo la interrogan todas las noches?

—La Guardia Civil dice que conozco dónde se esconde mi marido.

—¿Y lo sabe?

—No. Sé que mi marido está muerto. Si estuviera con vida se habría puesto en contacto conmigo, aunque eso le supusiera la cárcel o la muerte.

—Puede ser que simplemente haya huido de España.

—No. Él nunca abandonaría a su familia.

—¿Está segura? Esta guerra ha cambiado mucho a la gente. Veo casos como el suyo todos los días.

—Mucha gente ha cambiado, pero él no era de los que abandonan a su familia.

—Entonces el problema es que esos guardias civiles no la dejan vivir. ¿Es así?

—Sí, señor.

—¿Puede salir un momento y decir a don Marcos que entre?

—Sí. Muchas gracias por dedicarme su tiempo.

Salí del despacho con el corazón retumbándome en los oídos. Sentía la espalda tensa. ¿Para qué quería ver a solas a Marcos? ¿Había puesto en peligro a su familia por meterla en mis asuntos?

La espera se hizo muy larga. A cada momento levantaba la vista y observaba la maciza puerta entreabierta. Intentaba afinar el oído, pero era incapaz de escuchar más allá de un murmullo de palabras revueltas. Fortaleza se había dormido en el sillón. Estaba agotada. Tan flaca, tan pequeña. Me inquietaba su salud. La comida escaseaba y ella tenía que crecer. ¿Cómo iba a sacar adelante a mi familia? ¿Qué podía hacer una mujer sola? No sé por qué me asaltaban todas estas preguntas. Por qué nos enredamos en los problemas, desmadejando todo hasta que los nudos se han cerrado tanto que es imposible volver a hacer el ovillo. Al final Marcos abrió la puerta. Su rostro sonriente me tranquilizó. Le hice un gesto interrogativo, pero él giró la cara hacia la salida y me tomó del brazo. Pasamos la primera puerta en silencio. Recorrimos los pasillos atestados de documentos, bajamos por la escalinata y nos escurrimos entre la muchedumbre de la entrada. Cuando estábamos a unas manzanas no pude esperar más y le pregunté:

—¿Qué ha pasado? ¿Qué te ha dicho el gobernador?

Me miró y sacó del bolsillo un sobre.

—Lleva esto a tu pueblo y entrégaselo a la Guardia Civil.

—¿Qué es?

—El gobernador me ha ordenado expresamente que te dé este sobre, me ha advertido de que no debes abrirlo.

—Pero, ¿qué contiene?

—La única explicación que me ha dado es que una vez abierto el sobre tendrás que acatar su veredicto.

—Me asustas, Marcos.

No entendía nada. ¿Por qué Marcos se sentía tan satisfecho? Él me aseguró que desconocía el contenido de la carta, pero confiaba en que la justicia prevaleciese. Después me entregó un dinero del gobierno civil que me cubría el viaje de regreso y una noche en una pensión. Marcos me dijo que podía ahorrarme el dinero y quedarme con ellos una noche más. Cuando me dio los billetes me asusté. Hacia mucho tiempo que no veía tanto dinero junto. Al final nos dirigimos a su casa. Aquella noche no dejé de moverme en la cama. Confiaba en que las cosas podían cambiar, pero sabía que se podía esperar muy poco del ser humano.

De madrugada me marcho con el convencimiento de que antes de que pasen unas horas tendré que volver corriendo al hospital. A las dos de la madrugada suena el teléfono. Primero escucho el timbre en mis sueños. Después me levanto sobresaltada. Al abrir los ojos en mitad de la oscuridad, en un instante, decenas de imágenes pasan por mi mente: mi padre y mis hermanas en mitad de una playa, un mar de aire que levanta las olas hasta que caen rendidas a mis pies, la agonía de mi padre, sus semanas en la UCI, el entierro. Me levanto, cojo mi ropa con una mano mientras con la otra mano abro el móvil. La voz de mi hermana apenas se distingue entre las lágrimas. Lanza sus palabras de una en una, como si intentara detener su terrible mensaje, pero antes de que acabe yo ya lo sé todo.

Capítulo 12

La carta cerrada

El sol traspasa las paredes invisibles de la fachada. El edificio, amplio y vacío, repleto de plantas, con cierto aire de aeropuerto moderno, tiene unos paneles electrónicos en los que en vez de anunciar paradisíacos destinos turísticos se informaba del número de sala y de los datos de la persona finada. Mientras atravieso el amplio vestíbulo, las angustiosas escenas de la noche anterior acuden a mi cabeza. La pequeña habitación convertida en improvisado velatorio. La luz fluorescente resecando nuestras retinas, la falsa pureza de las sábanas y las paredes blancas y el extraño silencio que rodea siempre al horror. No aguantamos mucho en la habitación ante el cuerpo de mi madre y nos dirigimos a la sala de espera. Una de las enfermeras prepara una tila para mi hermana y sin cruzar palabra, con la vista clavada en el suelo, esperamos a que lleguen algunos familiares. De vez en cuando el dolor nos alcanza a alguna de nosotras, que irrumpe en un llanto ahogado mientras las otras nos acercamos y la abrazamos en silencio. Una hora más tarde salimos a la calle. El fresco ha ganado el pulso al asfixiante calor veraniego y nos encogemos dentro de la ropa sudorosa y caliente. Caminamos despacio hasta las oficinas del seguro. Nos tambaleamos como borrachas, con la mirada vacía en mitad de la madrugada. Un tren pasa a toda velocidad, con grosera urgencia, anunciando el comienzo de un nuevo día que sigue, esté mi madre o no. La oficina de seguros está iluminada, pero con el cierre a medio echar. Un hombre de mediana edad sale a recibirnos; su cuerpo huesudo parece flotar dentro de un traje gris. Nos da el pésame mientras arruga la piel cetrina de su esquelética cara. La oficina, con apariencia de sucursal de banco y con unas mesas chiquitinas y grises, con los filos metálicos, se encuentra en penumbra. El hombre comienza a hablarnos de las condiciones del seguro y de las opciones que tenemos. Le seguimos a medias, extenuadas por el peso de un dolor prolongado. Después nos despedimos unas de las otras, sin fuerzas, con un leve saludo.

Los recuerdos de la noche anterior parecen un extraño sueño. Me acerco al mostrador y pregunto por la sala de mi madre. Una azafata me indica el número pero me pide que espere unos momentos para que acompañe al gerente para escoger un ataúd. Intento explicarles que mis hermanas no están y que es mejor que ellas tomen la decisión. El gerente, muy amable, me indica que es conveniente que aceleremos el proceso. La gente no tardará en llegar y es conveniente que la difunta esté arreglada y colocada en la sala. Le sigo hasta el ascensor. Al entrar me veo reflejada en los espejos, pero aparto la mirada, y paso el corto espacio de tiempo que tardamos en llegar al sótano con la cabeza gacha y la mente en blanco. Nos dirigimos por un pasillo en penumbra hasta una amplia sala llena de ataúdes. El gerente me explica por encima cuáles entran en el precio de nuestro seguro y yo señalo uno al azar. Mientras ascendemos me asalta la imagen de mi madre. Sus ojos devorados por el cáncer, la piel encalada y las mejillas hundidas por la delgadez. Me estremezco y me agarro los brazos. La puerta se abre y regresamos al amplio vestíbulo. En la puerta de la sala están algunos familiares. Al verme, se acercan y me dan el pésame. Mis hermanas entran en la sala y todo el mundo se acomodó en los amplios sillones. Los rayos de sol alumbran impertinentes los ventanales. Paso al baño y sin poder aguantar más la angustia comienzo a llorar. Me miro en el espejo. El labio inferior me tiembla y los ojos rojos e hinchados parecen opacos por las lágrimas. Respiro hondo y cierro los párpados. Intento imaginar a mi madre unos meses antes, tumbada en el sillón del comedor en casa de mi hermana. Sus ojos grises calculando la expresión de tristeza, disimulando el dolor y la angustia, su sonrisa rota y su tremenda fe en Dios. Noto cómo las lágrimas cruzan mi cara y gotean por la barbilla. Le había prometido escribir un libro sobre la historia de la abuela y ella atravesando los páramos resecos de Castilla y no he cumplido mi promesa. No la he cumplido.

La camioneta de línea era poco más que una lata agujereada y humeante. Nos sentamos cerca de la puerta y pedimos al chofer que nos avisara, para no pasarnos el cruce donde tenía el apeadero la camioneta. En unos minutos la camioneta estaba llena. La gente se apilaba como anchoas en lata y el calor empezó a robarnos el aire. Fortaleza se me apretó, levantando su cabecita para intentar respirar como un pez fuera del agua. El motor pegó un chasquido y el vehículo comenzó a moverse muy lentamente. Cuando cogió un poco de velocidad los pasajeros comenzaron a bambolearse. Dejamos las calles enseguida y comenzamos a atravesar los campos resecos. El polvo penetraba por las ventanas abiertas, haciendo el aire irrespirable. Tras unas cuatro horas, llegamos al cruce de caminos. La camioneta ya no estaba tan llena, pero tuvieron que bajarse varias personas para dejarnos pasar. Comenzamos a caminar despacio, con las piernas entumecidas y el estomago revuelto. Cuando enfilamos las tierras del pueblo, noté un nudo en la garganta y comencé a sudar. No sabía cual iba a ser el recibimiento de la Guardia Civil. Podían haberme dado por prófuga o algo peor. Esperaba que hubieran respetado a los niños y no les hubieran tocado ni un pelo. Apreté la mano de Fortaleza y aceleré un poco el paso.

El pueblo se me antojó pequeño. La calle Mayor no era más que una callejuela de casas de dos plantas. El suelo de tierra y las estrechas aceras empedradas no tenían alcantarillado y cuando llovía, el agua corría hasta la plaza en torrentes.

Caminé despacio por las calles solitarias. El calor apretaba y los vecinos dormían la siesta o charlaban en las cocinas al abrigo del sol del verano. Me alegré de no cruzarme con nadie, de no dar explicaciones y recorrer las calles como si fuera la única persona del mundo. Cuando llegué a la casa de Felisa, aparté la cortina y sentí el abrazo de la sombra. Mis ojos se cegaron por unos instantes, pero pisé con seguridad las baldosas. Los niños escucharon mis pasos y aparecieron en la cocina. Corrieron hasta mí y me abrazaron. Sus brazos huesudos atravesaron la falda y se aferraron a mis piernas.

Me agaché y los besé. El corazón comenzó a golpearme con fuerza en el pecho. Los apreté a los cuatro a la vez y comencé a llorar. Los niños empezaron a llorar también y estuvimos un rato de rodillas. Me hubiera gustado que nos vieras, abrazados como una sola carne, indestructibles. Entonces el miedo se deshizo como un terrón de azúcar y me sentí la mujer más fuerte del mundo.

Dejé a Fortaleza con los demás y marché sola hasta el cuartelillo. El edificio blanco brillaba bajo el sol del mediodía. En la puerta, un guardia civil somnoliento me miró indiferente.

—¿Adónde vas a estas horas? El sargento te ha estado buscando. Te has metido en un buen lío.

—Al sargento es a quien yo quiero ver.

—Creo que el calor te ha calentado la sesera. Vete y no diré a nadie que has pasado por aquí. Coge a tus hijos y no vuelvas más al pueblo.

—¿Por qué? ¿Acaso he cometido algún crimen? ¿Amar es un delito?

—No me vengas con milongas. Piensa en tus hijos, deja tu orgullo y escápate. El sargento es capaz de fusilarte y dar tus hijos a la beneficencia, la verdad es que es un milagro que no lo haya hecho ya.

—¿Huir? ¿Adónde? No hay refugio para una roja.

—Haz lo que quieras.

Crucé la sala y me dirigí al despacho. La puerta estaba abierta. El sargento me miró de arriba abajo y notó la expresión de mi cara. No había miedo en mi gesto. Se incorporó en la silla y me taladró con los ojos, esperando algún tipo de reacción. Nada. Él sabía que yo ya no tenía miedo. Noté cómo se angustiaba.

—Mujer, creo que has perdido el juicio.

—Puede que tenga razón.

—¿Qué hago ahora contigo? ¿Matarte? ¿Quitarte a esas ratas que tienes por hijos o enviarte a la cárcel? Me he cansado de tu arrogancia y tu desvergüenza.

—No se preocupe, tengo algo para usted.

Avancé unos pasos y dejé el sobre cerrado con membrete del gobierno civil sobre la mesa. El sargento comenzó a sudar. Abrió el sobre y extrajo la carta con mucho cuidado. La desplegó y comenzó a leer en silencio. Se desabotonó la guerrera y tragó saliva. Inesperadamente el miedo que me había abandonado comenzó a invadirle a él. Me miró y dejó la carta abierta sobre la mesa. Se hizo el silencio. Escuché mi propia respiración y la calma espesa de la tarde.

—¿Y qué vas a hacer?

No entendí la pregunta, pero mantuve la compostura y dejé que volviera a hablar.

—Sabes que soy padre de familia, si me echan del cuerpo no sé qué será de mí. Tú eres madre y lo entenderás. No te preocupes, los guardias civiles que te han hecho daño serán suspendidos, no tocarán a una mujer nunca más. Te lo prometo. ¿Quieres que te ayude? Sé que lo estáis pasando mal, pero todo eso va a cambiar, a partir de este momento estáis bajo mi protección.

Le mantuve la mirada. Intenté odiarle. Recordé a toda la gente que había fusilado, a las mujeres maltratadas y deshonradas. Su cara angustiada le hacía todavía más detestable. Sus manos manchadas de sangre se movían inquietas sobre la mesa.

—No quiero nada de usted, solo le pido que deje en paz a mi familia.

El sargento abrió los ojos, sorprendido. Recogí la carta de la mesa, la guardé en el sobre y observé por última vez su cara roja, sus ojos confusos y su expresión de sorpresa y alivio.

Escapé del cuartelillo y aceleré el paso. Noté cómo la euforia me inflaba los músculos y sentí la ligereza que acompaña a la victoria. Sonreía como una boba por mitad de la calle, sonreía a las paredes ardientes y al viento caliente que se pegaba en mi cara hasta empaparla en sudor, sonreía a todos los días pasados y a los que tendrían que venir.

Dejé el corazón del pueblo y enfilé por la calle donde estaba mi casa. Pisé los últimos adoquines y mojé mis alpargatas en la tierra roja que me había visto nacer, la misma tierra que había alimentado a toda mi familia durante generaciones. Me detuve, observé desde lejos mi casa desvencijada, el techo medio hundido y la piedra gris donde reposaban sus muros deformes. ¿Cuántas veces habíamos soñado con volar, amado mío? ¿Cuántas noches en blanco imaginando el viaje a la gran ciudad, vestidos de domingo, con los zapatos limpios y los ojos lanzados hacia el futuro? Yo cumpliría tus sueños, aunque fuera a mordiscos, nadie me detendría ahora. Ya no, nunca más.

Unas horas más tarde, la sala está repleta de amigos, de familiares, de amigos de familiares, de vecinos, de miembros de la iglesia a la que asistía mi madre y de un sinfín de desconocidos. Al ver allí a todas esas personas, recuerdos vivientes de todas mis existencias, me siento angustiada. El mundo que conforma mi infancia, adolescencia y juventud está reunido en la enorme sala del tanatorio, pero se da la triste paradoja de que el centro mismo de ese universo personal, mi madre, es la única que falta. Bueno, su cuerpo se encuentra embalsamado detrás de un cristal, rodeado de flores. Ella, lo que se dice ella, hace tiempo que nos ha dejado.

Las voces se disparan hasta convertirse en un murmullo ensordecedor. No me molesta, en medio de aquella algarabía, perdida entre los saludos y las conversaciones circunstanciales. Pienso que a ella le hubiese gustado estar en medio de todos esos amigos y conocidos. Hacer los mismos comentarios ociosos sobre lo avejentado que estaba fulanito, lo gorda que se estaba poniendo menganita o las patochadas de algunos familiares, siempre mostrando su estrafalario gusto por las ideas simples y las frases hechas.

Capítulo 13

Madrid

El coche fúnebre se detiene. Las paredes de ladrillos están melladas y el raquítico granito de las esquinas se encuentra ajado. Unos cuantos cipreses viejos y medio pelados, con el tronco rajado, dan su sombra tacaña a la entrada de los nichos. Todo parece más pobre y pequeño que en mis recuerdos. La explanada central se asemeja al patio de una cárcel. El cemento está medio levantado, cubierto del musgo amarillento y ralo que ha sobrevivido al verano. Las paredes de los nichos, con sus bocas de mármol barato, apagan los rayos del sol para mostrarse siniestras, pero yo estoy tan acostumbrada a aquel pequeño rincón solitario que las losas gravadas, las vírgenes descoloridas y las cruces desdibujadas me evocan tiempos mejores y recuerdos infantiles. La comitiva forma un amplio círculo y observo por unos instantes el retrato de mi abuela sobre la lápida arrojada en el suelo. La foto de color marrón que mi madre me levantaba para que besara cuando llegábamos al cementerio sigue inmutable. Aún recuerdo el sabor frío del cristal, que me devolvía con su caricia plana el retrato de mi abuela.

La puerta está cerrada. Me resulta extraño verla así. Tan solo cuando vinimos recién casados y esta pequeña casita me parecía el palacio de un rey la vi cerrada. No teníamos mucho que esconder, nada que perder y poco que guardar. Los ricos guardan todo con mil candados. Nosotros teníamos abierta la puerta delantera y la otra, la que da al pequeño huerto. La única llave que he tenido que utilizar últimamente es la del arcón. Los niños, aunque muy buenos, tenían la tentación de coger un poco de comida cuando me despistaba y al final tuve que encerrarla bajo llave.

La llave me pesa en la mano. Es lo único que nos queda. Un pedazo de hierro medio oxidado. La meto en el bolsillo y noto cómo se pega a mi piel. Me doy la vuelta y los cuatro niños están en fila, como si formaran mi pequeño ejército. Incluso se han colocado en orden de tamaño, desde el más pequeño hasta Fortaleza, la mayor. He preparado dos maletas pequeñas, atadas con cuerdas, un pequeño zurrón con comida y bebida para el viaje.

Andamos la cuesta abajo. Percibo tu ausencia. El vacío que debe sentir un mutilado, cuando se ve pisando con la pierna que le falta o alargando un brazo inexistente. Hace calor. Dentro de poco comenzará la vendimia y las mujeres saldrán al campo cantando y las uvas echarán a andar de mano en mano hasta convertirse en sangre y en agua. Algunos me han dicho que a qué tanta prisa, «podrías esperar a que acabe la vendimia para irte y ganarte unos reales». Pero después de la vendimia llegará la aceituna, y más tarde las ganas de que venga otra cosa, y luego otra más, para no escapar.

Cuando me instale en la ciudad arreglaré las cosas. Venderé la casa dentro de unos meses. En la ciudad, Fortaleza y yo nos pondremos a coser. La niña tiene buena mano con las agujas. Isidrito entrará de botones y los dos pequeños ayudarán en las cosas de la casa hasta que sean más mayores. De servir ni hablar. Muchos me han dicho que meta a la mayor en una casa en cuanto me instale, pero andan frescos. Mi hija no le quita la mierda a nadie, por lo menos mientras tenga estas dos llenas de cayos.

La cosa de la vivienda está muy mal en la gran ciudad, pero una prima nos dejará una habitación al principio. Después, Dios dirá. Más fatigas que aquí no pasaremos.

Los niños andan locos con lo del tren. Viajaremos en tercera, pero a ellos se les hace la mayor aventura del mundo. No te negaré, amor, que a mí también me revolotean mariposas en el estómago de pensarlo. Nunca montamos juntos en tren. Hay tantas cosas que no hemos hecho juntos.

Estamos llegando al cruce donde para la camioneta. El pueblo parece pequeño de lejos. No te negaré que le he cogido ojeriza. Pasamos buenos momentos allí, pero el odio, la malicia, el chismorreo son cosas que nunca he soportado. Me asfixiaban las miradas de las señoras, las sonrisas bobaliconas de los pastores, la expresión maliciosa de los hombres y la polvareda de insultos, de escupitinajos a mi paso, de ojos guiñados, de codazos, de groserías lanzadas al viento. Mis hermanas se sentirán aliviadas cuando me pierdan de vista. Les molesta que todavía ande erguida, con la frente alta. Que la miseria no me haya arañado los ojos y vea todo turbio, sucio y triste. Todos comentan y hablan de lo que pasó con la Guardia Civil y me llaman la Follonera. Me acusan de lavar los trapos sucios del pueblo en la capital. Una chivata, qué te parece. Mientras los guardias me pegaban, me llevaban esposada al cuartelillo cada noche, nadie decía nada. Dos o tres incluso se alegraban. Siempre hay gente envidiosa. Ahora yo soy la mala sangre, la que deshonra a su pueblo. Que Dios no se lo tome en cuenta. Tengo cuatro hijos y ellos ocupan todo mi corazón, el odio lo dejo aquí, en este pueblo.

La camioneta viene medio vacía. Nadie marcha para la capital un día de diario. Todos encontramos asiento y los niños hincan su nariz en el cristal, mirando a través de la nube de polvo que levantan las ruedas. Yo me he sentado al lado de una mujer muy mayor. Su cuerpo se inclina hacia delante como rindiéndose, pero cuando se incorpora y te mira con sus ojos verdes, percibes su espíritu joven a través de la piel arrugada y macilenta. Viste toda de negro, lo que resalta su cara blanca debajo del pañuelo anudado.

—Menuda compañía lleva. Viajar con cuatro niños usted sola. ¿Es viuda?

—Sí.

Me cuesta decir en voz alta que soy viuda. Tú sigues vivo en los papeles, pero hace tiempo que perdí la esperanza de volver a verte. A veces te imagino caminando por una de esas calles francesas de las películas. Vestido con una gabardina nueva y un sombrero elegante, con un paraguas en la mano, diciendo «bonjour».

—Muchas viudas y muchos huérfanos ha dejado esta guerra. Yo

no tenía a nadie que perder, hace tiempo que la muerte me dejó sola, hasta creo que se ha olvidado de mí.

—Puede considerarse afortunada.

—¿Afortunada? ¿Por qué?

—Una mujer tan mayor y con esa salud.

—No, hija, afortunada tú, rodeada de críos. Mi marido y yo no tuvimos hijos. Dios no quiso dárnoslos, qué vamos a hacer, pero disfrutamos de la vida.

—Eso es lo que queda.

—Mi marido era sastre. Su familia tenía mucho dinero, pero él se encaprichó de mí, una simple costurera. Sus padres se pusieron como unos basiliscos, pero tuvieron que aceptarme.

—Debió de ser usted muy guapa.

—¿Guapa? Una monería. Aunque me veas ahora toda de negro. En los años veinte yo era una moderna, una loca. Con lo que ganaba mi marido podíamos ir en verano a Santander y conozco muchas de las capitales de Europa. Qué ciudades, eso sí que son ciudades, no como la mierda de puebluchos de aquí. Nos pasábamos la noche de fiesta en fiesta. Éramos los reyes de los bailes de salón.

—Unos años alegres y felices.

La mujer se queda pensativa, con la vista perdida y la sonrisa congelada.

—Felices, no lo sé. Locos, sí. Eran muy locos. Pero mi marido se murió. Era todo lo que tenía. No se puede bailar sin pareja.

—La entiendo.

—Por la guerra dejé mi casa en la ciudad y me vine al pueblo de mis padres. No soportaba las sirenas, el ruido de las bombas, toda esa destrucción.

—¿Y ahora regresa a su casa?

—Algo así. Creo que la muerte ha perdido mi dirección y vuelvo a casa para que me encuentre.

—¿Quiere morirse?

—Morirme. Estoy muerta hace mucho tiempo. Ya no escucho los primeros acordes de la música, ni veo la sala iluminada, ni las parejas que corren a ocupar su lugar. Se terminó la fiesta. Alguien apagó las luces, los instrumentos descansan en un lugar del escenario y los restos de confeti alfombran el suelo de madera. La última fiesta de fin de año a la que asistí con mi esposo fue la del año 1935. Estábamos en el hotel Emperador, la cena era espléndida. La gente reía sin parar, parecía que la fiesta nunca tendría fin. Cuando faltaban diez segundos para la entrada del nuevo año todos contamos a la vez. Después la gente se abrazaba, se felicitaban. «Un año nuevo de prosperidad y paz», decían. Mi marido falleció a la mañana siguiente. Murió en la cama. Acabábamos de regresar a casa. Se tumbó vestido, con la pajarita desanudada y los pies colgando, mientras yo me desmaquillaba y colocaba mi traje de noche en el armario. Tenía una expresión triste, los ojos fríos miraban al techo. No lo toqué. No me hacía falta para saber que estaba muerto.

—Lo siento por usted.

—Ya ha pasado mucho tiempo. Intenté seguir con mi vida. Vendí el negocio y me quedó dinero para seguir viajando y yendo de fiesta en fiesta, pero ya no tenía pareja de baile. Entonces, cada noche esperé a la muerte. Al principio como una broma. Servía la cena para dos, pero el invitado no era mi marido, era la muerte. Ponía el mejor mantel, me vestía de fiesta, preparaba cenas suculentas, abría una botella de champán y esperaba pacientemente.

—¿Por qué hacía algo así?

—Quería estar vestida de fiesta, como mi marido cuando murió. Cuando nos encontráramos, él con su esmoquin y yo con mi traje de fiesta, podríamos continuar nuestro baile por toda la eternidad. Pero nunca vino a cenar conmigo. Cada noche guardaba mi traje, recogía la mesa y me acostaba sola, con la esperanza de que a la noche siguiente vendría a por mí.

—¿Ahora regresa a su casa para seguir con su cena con la muerte?

—No.

La anciana se apaga de repente y vuelve a inclinarse hacia el suelo. Siento lástima de su soledad. Yo sigo teniéndote en mis pensamientos. Ocupas mi cabeza y recuerdo cada frase que pronunciaste cuando estuvimos juntos. Entonces la mujer se incorpora de nuevo y me dice:

—La vida no es una fiesta sin fin.

No sé qué contestarle. Si algo he aprendido en todos estos años de sufrimiento es que la vida no es ninguna fiesta. Me alegro de haberlo descubierto antes de hacerme una anciana, aunque la escuela del dolor nos enseña que nadie puede vivir la vida por nadie.

—Vuelvo a casa para descansar. Estoy muy cansada.

Los niños comienzan a pelearse en los asientos de atrás. Me vuelvo y les mando que se comporten. Poco tiempo después, llegamos a la ciudad y me despido de la anciana con cierta pena. La estación de tren es poco más que un pequeño apeadero. En el andén se apretuja una multitud que escapa a la gran ciudad. Les mando a los niños que se agarren de las manos y que no se suelten en ningún momento. Se escuchan cosas terribles sobre niños desaparecidos. Después de varias horas de pie los niños no aguantan más. Agarro al pequeño en brazos, pero los otros tres se apoyan en mis piernas y apenas siento fuerzas para mantenerme en pie. Entonces el tren entra en la estación y todo el mundo se incorpora. Hacemos cola durante diez minutos antes de alcanzar una puerta. Gracias a Dios todavía quedan dos sitios libres, y Fortaleza y yo nos sentamos y nos colocamos a los niños encima. A pesar del cansancio los cinco estamos de buen humor, aunque no puedo evitar acordarme de ti. Cuánto te hubiera gustado hacer este viaje con nosotros.

Cuando el tren se pone en marcha, los niños se asoman por la ventanilla. Yo me siento algo mareada, no pensaba que este trasto corriera tanto. Al final todos nos dormimos con el traqueteo, rodeados de extraños, que como nosotros se han acostado como han podido, algunos sentados en los pasillos, o de pie, apoyados sobre su vecino de viaje. Los paisajes se van mezclando como los colores de una pintura. Primero amarillo eterno, pero más tarde, en algunas zonas, las montañas cambian las tonalidades amarillas con pequeñas pinceladas verdes y marrones. Al acercarnos a la capital, los tejados de tejas rojas y algunos huertos abandonados transforman en tonos fuertes el color gris plomizo del cielo. Lleva varias horas lloviendo. Las primeras gotas de un otoño adelantado. El repiqueteo del agua en el techo de madera y la carrera de gotas que se escurren por el sucio cristal, para morir al sediento marco del ventanal, nos aletargan. Todos miramos atontados el agua que recorre los campos, se escurre por los tejados mellados por la guerra y cae estrepitosa por las calles.

Llegamos a la estación, los niños se aferran a mis faldas y caminamos debajo de un altísimo techo de metal y cristal. La gente se detiene en la entrada y observa la intensa lluvia que vela el horizonte, como si la estación estuviera en medio de un océano de gotas. Cuando la lluvia amaina un poco, la marabunta de desarrapados corre entre los charcos. Los pocos taxis que hay en la entrada esperan inútilmente. Casi todos subimos la cuesta y buscamos un tranvía.

No sé adónde me dirijo. Pregunto varias veces hasta que un buen hombre nos lleva hasta la misma parada de nuestro coche. Miro a la gente que está a mi alrededor y me confunde verlos tan iguales a mí. Me los esperaba mejor vestidos, con trajes nuevos y zapatos brillantes, pero apenas se ve ropa nueva. Todas las ropas parecen de antes de la guerra, ajadas y desteñidas de tantos lavados. Nos apretamos en el tranvía y recorremos una ciudad repleta de vecinos.

Entre las calles hay escombreras, huertos improvisados al lado de un edificio majestuoso. El centro deja paso a barrios más mellados, casi desdentados, en los que muy pocas casas se sostienen, abrazadas unas a otras, con el miedo de desaparecer por completo. Mientras recorro ciega esa ciudad que tantas veces hemos soñado ver te imagino a mi lado, con tu bigote, los ojos achinados por la felicidad y haciendo muecas a los niños para que no paren de reír y se olviden de los apretones. Llegamos a la última parada, los viajeros descienden deprisa y nos dejamos llevar por la multitud. En medio de una plaza en la que hay un cine y una iglesia miro el nombre de las calles, pero ninguno se parece al que llevo escrito en un papel. Al final, otro vecino me aclara que debemos subir una larga calle cuesta arriba. Cargando con lo poco que tenemos, recorremos los últimos metros de lo único que nos separa de nuestros sueños. Una nueva vida, ¿te imaginas? Nuestra familia en la gran ciudad, nuestros hijos viviendo en calles adoquinadas, bajo la luz de las farolas.

Llevamos más de una hora andando, las calles se estrechan hasta convertirse en tubos de ladrillo. Ya no hay coches, tan solo personas caminando, niños pequeños medios desnudos que abrazan las gotas que a ratos se derraman de los canalones rotos. Al final la ciudad se termina. Detrás de las últimas fachadas se abre un campo largo y calvo que me recuerda a una tierra en barbecho. Pregunto a un hombre. Me indica que la dirección que busco se encuentra al final de ese largo desierto invisible de edificios. Dejo las maletas por unos momentos en el suelo y observo a mis cuatro hijos. Sus ojos rojos, cercados de ojeras, los labios blancos, reflejan la inexpresión tranquila de los que se dejan guiar hasta la muerte. ¿Hasta allí los llevo, esposo mío? No, los conduzco a una nueva tierra. A un país donde no hay perdedores ni ganadores, habitado por una extraña raza de seres inacabados que cada día sueñan con ser un poco mejores. Les guio hasta la esperanza para que olviden, para que recuerden, para que encuentren.

Levanto las dos maletas y nos ponemos en marcha. Una fina capa de polvo marrón oculta un inmenso lodazal. Nuestros zapatos se hunden en medio del barro y tenemos que levantar muchos los pies para movernos. Caminamos torpemente, mientras la ciudad a nuestra espalda se convierte en diminutos pedazos de nada. Miro al suelo y a los niños que se hunden en el lodazal y apenas avanzan. Entonces levanto la vista. Justo en la línea del horizonte un grupo de casas pequeñas, poco más que chabolas, se confunden con la tierra marrón como pequeñas figuras de arcilla. El sol comienza a rastrillar las nubes hasta aparecer imponente en el cielo. Noto su caricia sobre mi rostro y cierro instintivamente los ojos. Entonces te veo en medio de mis párpados encapotados por las lágrimas y pienso que estás con nosotros en medio de ese inmenso océano de barro. Justo en la encrucijada entre el pasado y el futuro.

Epílogo

No queda nadie. Los enterrados han sellado tu nicho con papel plateado y poco a poco la comitiva se ha desmenuzado hasta dejarme sola. Les he dicho a mis hermanas que necesitaba unos minutos para estar un rato contigo. No puedo verte. Si cierro los ojos tus rasgos se desfiguran, como si todas las madres que he conocido hasta la anciana enferma, sombra de sí misma, se pelearan para quedarse en mi recuerdo. En mi barriga noto cómo la nieta que ya nunca verás se mueve y se pelea con mi agotamiento y la tensión de los últimos meses, y reclama antes de nacer que le preste la atención que durante meses solo pude prestarte a ti. Te prometí hace mucho tiempo que escribiría un libro sobre tu memoria, y justo antes de que se apagara esa voz melodiosa que me cantaba nanas ahuyentando mis terrores nocturnos, esa voz penetrante que era capaz de calmar mi angustia y sosegar mis dudas, empecé a escribir en mi mente las palabras vivas de la historia que escuché mil veces en mi niñez. Está en mi cabeza en forma de capítulos, de párrafos, de frases rotas en palabras. Ya no lo leerás. Tus ojos ya no ven; sus pupilas grises como el humo se han apagado. Tengo las manos vacías. Pero ante el altar silencioso de tu tumba, frente a estos testigos mudos que te acompañan entre las paredes de los nichos, depositaré mi ofrenda escrita. Ahora te dejo, ya descansas junto a la abuela. Es justo, las dos anduvisteis el mismo camino.

Peroración

Poco antes de que se reimprimiera esta última edición me llegaron noticias sobre el/la autor/a de este libro. A todos nos extrañaba que en un mundo tan avaro de gloria, el/la escritor/a se resistiera a recibir los parabienes de los lectores y de los críticos. A continuación reproduzco la carta que recibí el 19 de enero de 2005.

Estimado señor Artola:

Disculpe que no me haya puesto en contacto con usted en todo este tiempo. La verdad es que hasta hace apenas unas semanas desconocía la existencia del libro. Permítame que me presente. Mi nombre es María. Vivo en Barcelona desde hace unos años, aunque mi familia es originaria de Madrid. El libro que usted publicó es la historia de mi abuela y de mi madre.

Mi madre falleció hace un año y medio, tras una larga enfermedad. Durante semanas estuvimos en el hospital a su lado, viendo cómo iba apagándose poco a poco. Ocho meses antes había fallecido nuestro padre después de sufrir varias intervenciones quirúrgicas. Como podrá suponer, tras un período de dolor intenso, todos esperábamos tiempos mejores. Pasaron los meses y celebramos una Navidad triste, repleta de recuerdos, pero con la esperanza de un futuro mejor. Mi hermana menor esperaba un hijo y todas aguardábamos el alumbramiento con expectación.

En enero del año pasado parecía que el bebé estaba a punto de llegar. Mi hermana tenía todo preparado y yo organicé un viaje para pasar los últimos días con ella. Hacía unos meses que se había separado y yo no quería que ella estuviera sola en un momento como ese. Al final el parto se adelantó y tomé el primer avión para Madrid, pero cuando me encontraba en el aeropuerto recibí una llamada del hospital. No era ella, se trataba de una doctora. Me dijo que el bebé había nacido sin problema, pero que mi hermana estaba mal. Tomé un taxi a todo correr y durante el trayecto no dejé de darle vueltas la cabeza. ¿Qué podía haber salido mal? Parecía que todo el embarazo había sido normal. Sentía el corazón en la boca e intentaba aguantarme las lágrimas. Pensaba que ella necesitaba verme tranquila.

Al llegar al hospital corrí hasta la recepción y allí pregunté por mi hermana. Me mandaron a una sala de espera y estuve sola durante diez minutos que se me hicieron eternos. Una doctora de unos cincuenta años abrió la puerta y me miró desde el quicio, sin entrar. Noté algo en su mirada, una especie de pánico disimulado por una leve sonrisa. Me nombró y cuando asentí cerró la puerta y se sentó a mi lado en uno de los duros asientos de plástico. Primero me tranquilizó, me explicó que mi sobrina estaba en perfecto estado, su peso era normal y aunque se encontraba en observación estaba libre de peligro. Después hizo una larga pausa. Parecía como si buscara las palabras justas, la forma más suave de contarme lo que sucedía. Entonces, con una voz suave, casi inaudible, me dijo: «Su hermana ha sufrido un accidente. El taxi en el que venía volcó a un kilómetro de aquí. Ella llegó en estado de coma, pero la niña se encuentra bien».

Incliné la cabeza e intenté pensar, pero tenía la mente confusa y comencé a sentir que me faltaba el aire. Respiré por la boca con todas mis fuerzas, pero el oxígeno se negaba a entrar en los pulmones. La doctora me tapó la cara y me dijo que respirara despacio, que guardara el aliento unos segundos. Sus manos olían a una extraña mezcla de jabón y alcohol. Después comencé a llorar. Lloré sobre el hombro de aquella desconocida durante mucho tiempo. Ella me abrazó con fuerza, su pelo rubio me acarició la nuca y poco a poco me fui serenando. Cuando estuve totalmente tranquila, la doctora me acompañó a ver a la niña. A través del cristal, en medio de una sala llena de pequeñas bandejas transparentes estaba mi sobrina. Observé su piel morada, los ojos apretados y arrugados, el pelo negro y abundante. Seguía encogida, como si no supiera todavía que la bolsa de felicidad donde había crecido durante meses se había roto para siempre. Entré en la sala y me acerqué despacio. La miré de cerca antes de cogerla. Aquel pedacito de vida parecía tan indefenso. La tomé con cuidado, la levanté y la apreté contra mi pecho cubierto por una ligera bata verde esterilizada. El bebé se movió buscando el pecho de su madre y un escalofrío me recorrió todo el cuerpo. Volví a dejarla en su pequeña bandeja y salí de la sala. La doctora seguía ahí. Me miraba con los ojos rojos, pero sin soltar una sola lágrima. Me acompañó hasta un pequeño despacho y me hizo rellenar la ficha para la partida de nacimiento. Solo entonces me di cuenta. Era 19 de enero, el mismo día en el que habían nacido mi madre y mi abuela. Levanté la vista sorprendida. ¿Cómo podía ser? Terminé de rellenar el formulario y unos días más tarde me llevé a la niña a Barcelona.

La escritora de su libro no es otra que mi hermana Verónica. Ella escribió el libro poco antes de morir en ese horroroso accidente, señor Artola. Yo me enteré de su existencia hace apenas unas semanas, mientras ojeaba novedades en una librería. Hoy, en el día del primer cumpleaños de la hija de Verónica, quiero agradecerle su empeño en rescatar la memoria de mi familia.

Eternamente agradecida,

María Lago Duque

De esta forma tan inesperada, el misterio que ha tenido ocupados a lectores y críticos durante meses se ha resuelto finalmente. La historia trágica de nuestro país se debate entre la memoria dolorosa y la extirpación de la conciencia. Muy lejos, en los límites de una tierra inexistente llamada el País de las lágrimas, habitan todos los que han sufrido por los demás alguna vez y buscan construir el futuro a pesar del pasado.

Juan Artola

CPSIA information can be obtained
at www.ICGtesting.com
Printed in the USA
FSHW011007011221
86611FS

9 781519 155474